Marie-Aude Murail

Simple

l'école des loisirs
11, rue de Sèvres, Paris 6e

Loi numéro 49.956 du 16 juillet 1949 sur les publications
destinées à la jeunesse : septembre 2004
Dépôt légal : novembre 2019

ISBN 978-2-211-22281-5

Avec toute mon affection
à Christine Thiéblemont et à ses élèves,
« trop petits pour les grands,
assez grands pour la vie »
(Jacques Higelin).

CHAPITRE 1
Où monsieur Pinpin pète le téléphone

Kléber jeta un regard oblique à son frère. Simple imitait le bruit des portes du métro à mi-voix : « Piiii… clap. »

Un homme monta à la station et s'assit à côté de Kléber. Il tenait en laisse un berger allemand. Simple se trémoussa sur la banquette.

– Il a un chien, dit-il.

Le propriétaire du berger dévisagea celui qui venait de parler. C'était un jeune homme aux yeux clairs écarquillés.

– Il a un chien, le monsieur, répéta-t-il, de plus en plus agité.

– Oui, oui, lui répondit Kléber en essayant de le rappeler à l'ordre d'un froncement de sourcils.

– Tu crois je peux le caresser ? dit Simple en avançant la main vers le chien.

– Non ! aboya Kléber.

L'homme regarda l'un après l'autre les deux frères comme pour évaluer la situation.

– Moi, j'ai un lapin, lui dit le jeune homme aux yeux clairs.

– Mais ne parle pas aux gens que tu ne connais pas, gronda Kléber.

Puis il se décida et se tourna vers l'homme au chien :

– Excusez-le, monsieur, c'est un débile mental.

– Un i-di-ot, rectifia l'autre en détachant les syllabes.

L'homme se leva et, sans un mot, tira sur la laisse de son chien. Il descendit à la station suivante.

– Connard, maugréa Kléber.

– Oh, oh, vilain mot, dit son frère.

Kléber eut un soupir mélancolique et jeta un coup d'œil sur la vitre. Il y vit se refléter sa bonne gueule d'intello aux fines lunettes cerclées. Rasséréné, il se cala au fond de la banquette et consulta sa montre. Simple, qui épiait chacun de ses gestes, tira sur les manches de son sweat et examina ses poignets d'un air critique.

– Moi, j'en ai pas de montre.

– Tu sais très bien pourquoi. Merde, c'est là !

– Oh, oh, vilain mot.

Kléber se dirigea vers la sortie mais se retourna au moment de descendre. Simple, qui l'avait d'abord suivi, s'était arrêté.

– Mais vite ! cria Kléber.

– Elle veut me couper !

Kléber l'attrapa par la manche de son sweat et le tira vers le quai. La porte automatique se referma derrière eux. Clap.

– Elle m'a pas eu !

Kléber le reprit par la manche et le traîna vers un escalier.

– Pourquoi j'ai pas de montre ?

– Tu l'as cassée pour voir s'il y avait un bonhomme dedans, tu te rappelles ?

– Ouiiii, fit Simple avec un sourire de ravissement.

– Il y avait un bonhomme dedans ?

– Non ! rugit Simple avec le même contentement.

Il pila si brusquement devant l'escalator que deux personnes derrière lui se télescopèrent. Elles protestèrent :

– Mais enfin, faites attention !

Kléber tira une nouvelle fois son frère par la manche pour l'obliger à monter sur l'escalier mécanique. Simple commença par regarder ses pieds avec effroi en les soulevant. Puis, rassuré sur leur sort, il releva la tête.

– T'as vu ? dit-il une fois tout en haut. J'ai même pas peur. Pourquoi y a pas de beaud'homme dedans ?

– C'est « bonhomme », pas « beaud'homme », le reprit Kléber pour couper court à la kyrielle des pourquoi.

Il entendit son frère marmonner :

– C'est beaud'homme, beaud'homme.

L'entêtement de Simple était quelque chose de très remarquable. Pendant cinq minutes, il fredonna :

– Bodom, bodom.

Kléber regardait autour de lui, pas trop sûr de la route à prendre. Ils n'étaient à Paris que depuis quinze jours.

– C'est encore loin ?

– Je ne sais pas.

Kléber était à cran. Il ne reconnaissait plus le quartier. Simple s'arrêta au milieu du trottoir et croisa les bras.

– Je veux voir papa.

– Papa n'est pas ici. Il est à Marne-la-Vallée et nous, on est à… à… ?

– Tchoum ! compléta Simple.

Puis il se mit à rire de sa drôle de bonne blague. Kléber eut un mince sourire. Simple avait trois ans d'âge mental, trois ans et demi les jours fastes.

– On est à Paris. Allez, viens, il faut se dépêcher. Autrement, il fera nuit.

– Y aura des loups ?

– Oui.

– Tu sais, je peux les tuer avec mon vérolair.

Kléber étouffa un ricanement. Ils se remirent à marcher. Kléber reconnut soudain la rue qui montait. C'était là. Au 45 de la rue du Cardinal-Lemoine.

– Ah non, dit Simple devant la porte d'entrée.

– Quoi encore ?

– Je veux pas, c'est chez la viève dame.

– Écoute, c'est notre grand-tante, c'est la sœur de la mère de…

– Elle est moche.

– Elle n'est pas très belle.

– Elle pue.

Kléber approcha la main du digicode et fronça les sourcils.

– Alors, c'est 4… 6…

– 4, 6, B, 12, 1000, 100, débita Simple à toute vitesse.

– Tais-toi. 4… 6…

– 9, 12, B, 4, 7, 12…

Kléber regarda le clavier, complètement hébété.

– Appuie, appuie les boutons ! 9, 7, 12…

Simple se mit à enfoncer n'importe quelle touche. La porte grésilla et s'ouvrit.

– J'ai gagné !

En réalité, une grosse dame sortait. Simple la bouscula pour entrer.

– On ne pousse pas les gens ! lui cria Kléber. Dis pardon à la dame !

Simple avait déjà monté cinq marches en deux enjambées. Il se retourna et lança gaiement :

– Pardon, la dame ! T'es trop grosse pour la porte !

Et il reprit sa galopade dans l'escalier. Kléber essaya de le rattraper tout en hurlant :

– C'est au troisième ! C'est au troisième !

Simple monta les six étages de l'immeuble, en redescendit quatre puis en remonta un. Enfin, il s'immobilisa sur le palier, langue tirée et haletant comme un chien. Kléber s'accota un instant au mur, pris d'une grosse fatigue.

– T'appuies le bouton ?

Simple avait peur du bruit de la sonnette. Il se boucha les oreilles tandis que son frère sonnait.

– Bon, mais moi, j'ai dîné, fit une vieille dame en leur ouvrant. C'est à six heures trente, la soupe des vieux. Alors, peut-être, les jeunes, ça mange à pas d'heure, mais moi, j'ai ma soupe et c'est à six…

– Gnin, gnin, gnin, l'imita Simple, intrigué par le grincement des mots qu'elle enfilait.

– Qu'est-ce qu'il a, celui-là ? dit la grand-tante en levant le bras comme si elle allait le frapper.

– Mais laisse-le, il n'est pas méchant, dit Kléber.

– Moi, je vais la tuer, moi. J'ai mon vérolair !

De la poche de son pantalon, Simple extirpa un pistolet d'alarme. La vieille dame poussa un cri.

– Une arme ! Il a une arme !

– Mais c'est une fausse, intervint Kléber.

– Oui, mais on dirait qu'elle tue pour de vrai. Attention, quand je vais faire « pan », tu vas être mort. Attention, la viève dame…

Simple visa posément sa grand-tante, qui se mit à hurler de terreur.

– Pan !

La vieille dame s'enfuit vers la cuisine. Simple regarda son frère avec, dans les yeux, autant de stupeur que de fierté.

– Elle a peur.

Puis, quand même déçu :

– Elle a pas mort. Moi, j'ai un couteau, moi.

– Tu l'achèveras une autre fois.

Après avoir avalé un kilo de nouilles à eux deux, ils se retrouvèrent dans la minuscule chambre que la grand-tante avait mise à leur disposition. Kléber sortit son téléphone portable. Simple l'épiait toujours.

– T'as un téphélone, toi, dit-il d'un ton d'envie. Pourquoi j'ai pas un téphélone ?

– Parce que tu es trop petit, répondit distraitement Kléber. Alors, 01… 48…

– 12, 3, B, 1000, 100.

Kléber se passa la main sur le front. Son frère l'avait encore embrouillé. De toute façon, à quoi bon appeler leur père ? Monsieur Maluri ne connaissait qu'une solution : l'institution. Il lui dirait de remettre Simple à Malicroix.

– Coucou ! fit une voix malicieuse.

Simple, assis en tailleur sur le lit, cachait quelque chose derrière lui. Il répéta « coucou » sur un ton prometteur. Deux oreilles de tissu flasque et grisâtre dépassèrent de son dos. Il les agita.

– Manquait plus que lui, marmonna Kléber.

– C'est qui ?

– Je ne sais pas.

Il fallait faire durer le plaisir.

– C'est avec « in » dedans, dit Simple.

– C'est un lutin ?

– Non !

– C'est un requin ?

Simple s'étouffait de rire.

– C'est monsieur Pinpin ?

– Ouiiii ! hurla Simple en brandissant un vieux lapin en peluche dont les oreilles avaient la tremblote.

Le téléphone portable se mit alors à sonner.

– C'est moi, supplia Simple. C'est moi : « Allô ».

Kléber se leva d'un bond pour que son frère ne cherche pas à lui arracher le téléphone.

– Allô, papa ?

– Non, c'est moi, c'est moi : « Allô, papa ».

– Oui, ça va, dit Kléber, le ton dégagé. On est avec monsieur Pinpin, là, ça va bien… La vieille tante ? Ça va aussi. Enfin, non, pas trop.

Kléber avait décidé de cracher le morceau.

– Simple ne l'aime pas beaucoup. Il veut la tuer.

Kléber ne se rendait pas toujours compte de ce qu'il disait.

– Mais non, pas pour de vrai ! Avec le vérolair… Oui… oui… je sais, papa. J'en suis responsable, c'est moi qui ai voulu… Oui.

Il leva les yeux au plafond tandis que son père se justifiait. Simple était une charge trop lourde, il rendait la vie impossible, il fallait le remettre à Malicroix. Pendant ce temps, Simple, qui avait renversé sur le lit tout un sac de Playmobil, jouait à mi-voix, l'air absorbé. Mais il laissait traîner une oreille.

– Lui, il est pas sage, dit-il d'un petit cow-boy blanc et noir, il va aller à l'instutution.

Simple prit un air de sombre satisfaction. Le petit bonhomme eut droit à des menaces, des claques, une piqûre. Puis il le mit sous son oreiller.

– Au secours ! Au secours ! cria le petit cow-boy.

Tout en discutant avec son père, Kléber regardait jouer son frère.

– Le mieux, c'est qu'on trouve une piaule à louer. On sera indépendants… Mais non, papa, il n'y a pas à « surveiller » Simple. Il a vingt-deux ans.

Simple venait de reprendre le Playmobil sous l'oreiller et il le disputait :

– T'es un i-di-ot. Moi, je veux plus te voir. Je vais faire un trou. Tu vas aller dans le trou et puis tu vas être mort et moi, je suis pas triste de toi. Où il est, monsieur Pinpin ?

Il chercha son lapin, l'œil égaré. Quand il l'aperçut, il se détendit brusquement :

– Aaaah ! Le voilà. Monsieur Pinpin, il va tuer Malicroix.

Il y eut sur le lit un effroyable carnage. Monsieur Pinpin tomba au milieu des Playmobil, les jeta en l'air ou les écrasa contre le mur.

– Monsieur Pinpin, il pète la gueule, dit tout bas Simple.

Puis il lança un regard sournois en direction de son frère qui bataillait au téléphone :

– De toute façon, on a l'argent de l'héritage de maman. Tu n'auras pas à payer le loyer… Oui, je sais ce que je fais.

Kléber éteignit le portable après avoir obtenu une vague autorisation paternelle. Il resta un moment les yeux flous, serrant le portable contre son cœur. Dix-sept ans. Il avait dix-sept ans, il venait de s'inscrire en terminale à Henri IV. Il ambitionnait les classes préparatoires, puis une grande école. Et il traînait après lui une espèce de monstre. Son frère Simple – de son vrai nom Barnabé –, qui croyait que les lapins en peluche sont vivants.

– Simple ?

Barnabé cessa de jouer et dit « Mon frère ! », comme si Dieu venait de l'appeler.

– Écoute-moi, Simple, on va se chercher une maison pour tous les deux. Mais je ne pourrai pas être avec toi tout le temps parce que, dans quinze jours, je dois retourner à l'école.

– C'est pas bien, l'école.

– Si, c'est bien.

– Et pourquoi moi, j'y vais pas ?

– Je t'ai dit de m'écouter. Si tu veux rester avec moi, il va falloir que tu fasses des efforts.

Simple écoutait, la bouche entrouverte, éperdu de bonne volonté.

– Tu comprends, il faut que tu m'aides.

Simple sauta sur ses pieds :

– Je vais tout ranger le lit.

Kléber soupira :

– C'est ça…

Dès le lendemain matin, Kléber décida de faire la tournée des agences de location. Il hésita un moment avant de laisser Simple à la maison.

– Tu seras sage ?

Simple fit oui à s'en décrocher la tête.

– Tu n'embêteras pas la tante ?

Simple fit non de la tête avant de dire d'une manière un peu contradictoire :

– J'ai mon couteau, moi.

Sur le pas de la porte, Kléber hésitait encore. Soudain, il eut l'idée de ne pas couper tout à fait le lien avec son frère. Il lui confia le téléphone portable. Avec un émerveillement craintif, Simple le reçut au creux de ses mains jointes. Kléber lui expliqua qu'il l'appellerait dans la matinée pour savoir ce qu'il faisait.

– Tu vois, quand ça sonne, tu appuies sur le petit téléphone vert.

Kléber emporta avec lui l'image de son frère tétanisé par le bonheur. Dès que la porte d'entrée se fut refermée, Simple poussa un hurlement :

– Monsieur Pinpin !

Il se rua dans la chambre où le lapin somnolait sur l'oreiller.

– Qu'est-ce tu as à crier comme ça ? demanda monsieur Pinpin.

– J'ai le téphélone ! hurla Simple.

Monsieur Pinpin se redressa :

– Passe ! Passe !

– Non, c'est à moi. 4, 7, 12, B, 1000, 100.

Il pianota sur le clavier puis porta l'appareil à son oreille.

– Allô ? dit-il. Allô, monsieur-madame ?

Il parut écouter puis secoua le téléphone et le remit contre son oreille :

– Allô, monsieur-madame ?... Ça marche pas.

Monsieur Pinpin s'allongea de nouveau, ses longs bras mous derrière la tête, affectant le désintérêt.

– Ça marche quand y a un beaud'homme dedans.

– Y a pas de beaud'homme, dit Simple, se souvenant de la mésaventure avec la montre.

– Si. Mais il vient quand le téphélone sonne.

Simple regarda longuement monsieur Pinpin. Il cherchait un contre-argument.

– Bon, dit-il en abandonnant le téléphone, on joue ?

Au premier examen, monsieur Pinpin pouvait passer pour un vieux lapin, montrant par endroits la trame du tissu. Mais dès qu'il s'agissait de jouer, ses oreilles s'agitaient frénétiquement et ses jambes flasques semblaient montées sur ressorts.

– On joue à quoi ?

– À Malicroix.

– Encore ! T'as pas un autre jeu ?

– Mais c'est bien, celui-là.

Simple se pencha vers monsieur Pinpin et lui souffla à l'oreille :

– Tu pètes la gueule.

Monsieur Pinpin dut en convenir : c'était quand même un très bon jeu.

Vers dix heures, alors que les Playmobil assis en rond autour du cow-boy l'empêchaient de s'évader, le portable se mit à sonner.

– C'est moi, c'est moi ! hurla Simple.

À demi fou d'excitation, il appuya sur le sigle du téléphone.

– Allô, Simple ? fit Kléber.

– Allô, monsieur-madame ? Bonjour, comment ça va ? Merci, ça va bien, il fait beau, au revoir, madame.

– Attends, c'est ton frère...

Un peu effrayé, Simple se tourna vers monsieur Pinpin :

– C'est le beaud'homme.

– Pète le téphélone ! ordonna monsieur Pinpin qui faisait des petits bonds sur place. Pète dans le mur !

Simple lança le téléphone contre le mur avec une sorte de violence apeurée. Puis il l'acheva à coups de talon. Après avoir repris son calme, il se pencha et examina le téléphone fracassé.

– Tu le vois ? s'informa monsieur Pinpin, prêt à détaler.

– Nnnnon, hésita Simple.

– Je le savais, fit monsieur Pinpin en se recouchant sur l'oreiller. Il est microspique !

Après son coup de fil avorté, Kléber décida de retourner rue du Cardinal-Lemoine. Il riait en repensant au ton de Simple tandis qu'il débitait au téléphone toutes les formules de grande personne qu'il connaissait. Kléber avait envie d'être heureux. La fille de l'agence avait flashé sur lui. Elle lui avait promis la visite d'un deux pièces en début d'après-midi. Kléber se sentait capable d'emballer la fille et l'appartement.

– Simple ! Simple ?

Il trouva son frère assis sur le lit, en train de tripoter le cow-boy.

– Tu as eu peur ? Qu'est-ce qui ne va pas ?

Soudain, son regard tomba sur le téléphone qui déversait ses entrailles au pied du mur.

– Y a pas de beaud'homme, dit Simple, navré.

Le rendez-vous était fixé à quatorze heures. Kléber ne voulut pas laisser Simple à la maison. Les vingt-deux ans de son frère rassureraient davantage la fille de l'agence que ses propres dix-sept ans. Toute la question était de savoir si Simple pouvait faire illusion le temps de la visite.

– Tu dois être sage. Tu ne parles pas. Tu ne cours pas partout.

À chaque phrase de son frère, Simple acquiesçait en silence. Kléber l'avait durement secoué pour l'affaire du téléphone.

– Coiffe-toi. Lave tes mains. Et… je vais te mettre une cravate.

La mine boudeuse de Simple s'illumina. Une demi-heure plus tard, il s'admira dans le miroir de l'entrée. Il avait une chemise et une cravate, une veste claire et un pantalon sombre. Kléber eut l'air moins satisfait. Les vêtements les mieux coupés prenaient sur le corps de Simple des allures fantasques d'épouvantail.

– Tu te rappelles ? Pas un mot !

Kléber mit un doigt sur ses lèvres pour fixer la consigne dans l'esprit de son frère. Bien sûr, il pouvait le faire passer pour sourd-muet, mais c'était risqué. Simple était capable d'expliquer à la fille de l'agence qu'il était muet.

Le petit appartement se trouvait en haut d'un vieil immeuble avenue du Général-Leclerc. Jackie y attendait ses clients. Elle avait remplacé la cigarette par le chewing-gum deux mois auparavant. Mais elle venait de craquer et elle était en train de fumer tout en chewing-gumant. Elle pensait à Kléber. Mignon, le gamin. Il avait un frère aîné. S'il ressemblait à Kléber, cela devenait intéressant. Jackie se rongea les ongles tout en fumant et chewing-gumant.

Au bas de l'escalier, Kléber achevait le briefing de son frère.

– Tu ne dis rien, tu ne bouges pas. Tu n'as pas pris ton vérolair, j'espère ?

– Non.

Kléber monta deux marches.

– J'ai mon couteau, dit Simple dans son dos.

Kléber se retourna :

– C'est quoi, cette histoire de couteau ? Où il est, ton couteau ?

Simple cilla sans répondre.

– Tu me le montres ?

– Non, dit Simple avec un rire gêné.

– Je vais m'énerver, tu sais, je vais m'énerver ! Tu veux que je m'énerve ?

Par moments, Kléber disjonctait. La panique envahit les yeux de Simple.

– C'est un couteau pour de faux.

– Montre-le.

– Gnémongnigni.

– Quoi ?

Simple monta sur la même marche que Kléber et se mit sur la pointe des pieds pour lui souffler à l'oreille :

– C'est mon zizi.

Kléber resta quelques secondes abasourdi.

– Mais t'es con.

– Oh, oh, vilain mot.

Il ne restait plus qu'à monter les six étages au galop.

Jackie fut étonnée en voyant entrer les deux frères. Ils avaient un air de famille, mais le plus jeune paraissait le plus âgé. Il avait des yeux sombres nourris d'un feu intérieur et l'autre des yeux clairs qui semblaient des fenêtres ouvertes sur le ciel. On s'attendait à y voir passer des étourneaux. Kléber avait des cheveux courts en harmonie avec son sourire de séduction sous contrôle. Simple avait de longs cheveux emmêlés couleur paille et semblait constamment hors de lui. Jackie lui tendit la main.

– Bonjour, mâchouilla-t-elle.

Simple, oubliant déjà ses promesses, se mit à réciter :

– Bonjour, ça va ? Merci, au re…

– Donc c'est la pièce principale ? s'écria Kléber pour couvrir la voix de son frère.

Jackie sursauta.

– Oui, c'est la pièce à vivre, très claire, comme vous voyez, exposition sud-ouest.

Simple s'agitait devant elle. Elle ne put faire autrement que de le dévisager.

– J'ai la cravate, dit-il, car il n'était pas certain que la dame ait remarqué.

Elle eut un bref sourire de travers qui s'apparentait plutôt à un tic.

– C'est sûr que de nos jours, pour avoir un logement, vaut mieux faire bonne impression.

Comme elle se sentait mal à l'aise, elle prit une nouvelle cigarette dans son paquet et fit jaillir une flamme de son briquet.

– C'est dangereux, lui dit Simple à qui on avait interdit de jouer avec le feu.

– Oui, je vais arrêter, répondit Jackie, agacée.

– Et il y a une autre pièce ? enchaîna Kléber.

– Alors, oui, une pièce qui donne au nord, c'est plus sombre, mais c'est sur cour, très calme...

Kléber et Jackie passèrent dans l'autre pièce. Simple ne les suivit pas. Il regardait autour de lui, ébahi. Son frère lui avait dit qu'ils allaient vivre ici. Mais il n'y avait pas de chaises, pas de table, rien ! Simple avança sur la pointe des pieds, craignant de réveiller quelque enchantement dans ce lieu mystérieux. Puis il aperçut une porte entrouverte. Il la poussa. C'était un placard intégré dans le mur. Vide. Simple sourit et plongea la main dans sa poche. Il en sortit deux Playmobil. Il avait aussi emporté tout un fourbi de petits objets. Il les installa sur les étagères et recréa en miniature tout un appartement. Oubliant à l'instant même où il se trouvait, il joua à mi-voix, la tête dans le placard. Jackie revint dans le salon, escortée de Kléber.

– Vous regardez les placards ? dit-elle à Simple. Ça, c'est vraiment le plus de cet appartement. Beaucoup de rangements intégrés.

Elle ouvrit la porte en grand.

– Tiens, il y a un petit locataire qui a oublié ses jouets. Excusez-moi...

Elle allongea la main pour débarrasser le placard des Playmobil.

– Mes Playmo ! hurla Simple.

Il se tourna vers son frère, scandalisé.

– Elle me vole mes Playmo ! Je vais la tuer, moi. J'ai mon couteau !

Jackie relâcha les bonshommes. Terrorisée, elle recula vers la chambre.

– Simple, arrête ! cria Kléber. C'est rien, mademoiselle, il est débile. Il…

Simple empochait précipitamment ses jouets.

– Allez-vous-en ! Sortez d'ici ! ordonna Jackie.

– Mais ça va, ce n'est pas la peine de nous parler sur ce ton, répliqua Kléber. D'ailleurs, c'est beaucoup trop cher pour ce que c'est, votre deux pièces. Viens, Simple. On n'en veut pas, de cette maison.

Simple jeta un regard triomphant à la fille de l'agence :

– Y a même pas de chaises, d'abord !

Dans la rue, Kléber ne fit aucun commentaire. Au fil de la journée, il se sentait glisser dans un monde insensé. Il devenait mécanique. Il retint son frère au bord du trottoir alors que celui-ci allait s'élancer devant les voitures.

– Le beaud'homme est rouge, lui dit-il.

Une fois de l'autre côté, Simple fit toc toc sur la vitre du beaud'homme devenu vert. Au fond, Kléber avait pitié du pauvre garçon. S'il ne trouvait aucune solution, il devrait le reconduire à Malicroix. Sur le chemin du retour, Kléber remarqua une plaque de fer rouillé à l'entrée de l'hôtel du Vieux Cardinal : « Chambres à louer à la semaine. » Il songea qu'il pourrait louer une chambre, en attendant de trouver un appartement. Il avait hâte d'échapper à la grand-tante.

– Viens, dit-il en attrapant Simple par la manche.

L'entrée était déserte et sentait la poussière. Derrière un comptoir, quelques clés semblaient attendre le client depuis longtemps.

– S'il vous plaît ? appela Kléber.

Simple, inquiet, enfonça les mains dans les poches de son pantalon.

– Bonjour, dit une voix rocailleuse derrière eux.

Une fille très maquillée et court vêtue s'avança vers les frères Maluri. Simple adorait les dames qui mettent du sent-bon. Il lui fit un grand sourire.

– Ça va, toi ? lui dit-elle en l'attrapant par la cravate.

Kléber la regarda faire, pétrifié.

– J'ai la cravate, dit Simple, très fier que la dame ait vu du premier coup.

– Et qu'est-ce que tu veux qu'on te fasse, mon lapin ? lui demanda-t-elle, les yeux mi-clos.

Au mot « lapin », Simple extirpa doucement quelque chose de sa poche.

– Coucou, dit-il, l'intonation malicieuse.

Deux oreilles flasques s'agitèrent à la sortie de la poche.

– C'est quoi, ça ? questionna la fille, un peu réticente.

– C'est qui ? rectifia Simple. Il y a « in » dedans.

Kléber pensa « putain » et attrapa son frère par la manche.

– Viens, murmura-t-il.

Mais, au même moment, Simple sortit son lapin par les oreilles et l'agita sous le nez de la fille. Elle poussa un cri de frayeur.

– C'est monsieur Pinpin ! hurla Simple, déchaîné.

Comme il entraînait son frère vers la rue, Kléber eut encore le plaisir d'entendre la fille s'écrier :

– Mais c'est des malades, ces deux-là !

Kléber n'était pas pressé de retrouver l'appartement noirâtre de la grand-tante. Il décida de montrer à Simple le lycée Henri IV en superbes pierres blanc doré.

– Tu vois, c'est mon école.

– Pas beau.

Ils poursuivirent leur promenade jusqu'au jardin du Luxembourg. Simple voulut montrer les petits voiliers à monsieur Pinpin. Les frères Maluri s'assirent au bord d'un bassin et Simple mit le lapin sur ses genoux.

– Il s'abîme, ton Pinpin, remarqua Kléber. Il ne faut pas le tasser comme ça dans ta poche.

– C'est pas Pinpin. C'est monsieur Pinpin.

– D'accord, murmura Kléber en souriant.

Il regarda les enfants qui couraient autour du bassin pour rattraper leur voilier. Il fit flic flac dans l'eau du bout des doigts. Le jour baissait. Il s'en foutait. De quoi ? De ce que les autres pouvaient penser de Simple et de son lapin. Il sortit la main de l'eau et la posa sur le genou de Simple.

– On y va ?

– Tu m'as mouillé de l'eau.

Avant de rentrer, ils passèrent à la supérette du quartier à la recherche de Prince au chocolat au lait. À la caisse, Kléber patienta en lisant les petites annonces affichées par les clients. Soudain, il fronça les sourcils. Le destin lui faisait signe : « Étudiants cherchent deux colocataires pour partager appartement. Téléphoner au 06... » Kléber nota le numéro sur un ticket de métro usagé.

Chez la grand-tante, Simple réclama un bain. Il commença par emporter un sac de Playmobil dans la salle de bains.

– Tu ne mets pas monsieur Pinpin dans l'eau, l'avertit Kléber.

– Non.

– Tu le laisses dans ton lit.

– Oui.

Dès que son frère eut le dos tourné, Simple enveloppa monsieur Pinpin dans son pyjama et fila vers la salle de bains.

– Mais tu m'étouffes ! râla monsieur Pinpin en se dégageant.

Il s'assit sur la machine à laver et regarda la baignoire se remplir.

– Tu mets la mousse ?

Simple ouvrit une bouteille bleue et en versa un bon quart dans l'eau.

– Plus ! Plus ! cria monsieur Pinpin en sautillant d'une jambe sur l'autre.

– C'est des bêtises, lui dit Simple d'un ton sévère.

Monsieur Pinpin fit semblant de n'avoir rien entendu.

– On fait le camping ?

Simple avait la toile de tente Playmobil et des skieurs et une barque et des pingouins. Tout cela faisait un camping des plus convaincants.

– J'ai perdu un ski, dit Simple.

Il avait renversé tout le sac sur le carrelage et il cherchait.

– Merde, fit monsieur Pinpin.

– Oh, oh, vilain mot.

– On s'en fout.

Ils ricanèrent. Puis tous deux plongèrent dans la mousse, noyèrent des skieurs, sauvèrent des pingouins, ramèrent entre des icebergs. Au bout d'une heure, le bain était froid, le carrelage trempé et monsieur Pinpin tout alourdi d'eau.

– Je pèse deux tonnes, dit-il.

– Merde, conclut Simple.

Il fallut avertir Kléber du désastre.

– Mais quel chantier ! Et tu as encore trempé ton lapin. Range-moi tout ça.

Simple ne se le fit pas dire deux fois. Tous les Playmobil disparurent dans le sac.

– J'ai perdu un ski.

– Grave, dit Kléber.

Il essora comme il put la peluche puis la suspendit au fil à linge par les oreilles.

– Tu finiras par avoir sa peau à ce lapin.

Simple regarda monsieur Pinpin puis haussa les épaules. Les bêtises, ça se paye. Kléber regarda plus longuement la peluche. Un jour, elle tomberait en loques. À cette pensée, son cœur se serra.

CHAPITRE 2
Où monsieur Pinpin se trouve un terrier pas super

Enzo n'appréciait guère d'être réveillé à sept heures du matin par Aria et son copain. Les entendre faire l'amour derrière la cloison le renvoyait à sa condition de mâle sans femelle. À vingt et un ans, Enzo était un blondinet assez plaisant qui aurait pu, en s'en donnant la peine, se trouver une petite amie. Mais il voulait que les filles lui tombent dans les bras sans avoir à les tomber. Question de flemme ou de dignité, il n'avait pas encore tranché.

– Reste du café ? demanda Corentin en entrant dans la cuisine.

– Mh…

Trop tôt pour s'arracher les mots.

– Y a un type qui a appelé hier pour la coloc, reprit Corentin. Ce serait pour lui et son frère.

– Encore des mecs, soupira Enzo.

Au 99 de la rue du Cardinal-Lemoine, vivaient quatre jeunes gens : Enzo, Aria et son petit ami Emmanuel, et Corentin, le frère d'Aria.

– Pourquoi on ne trouve pas de fille pour la coloc ? geignit Enzo.

– Mais cherche !

Corentin se versa un grand bol de café.

– Le type m'a paru sympa. Il a vingt-deux ans et son frère dix-sept.

– Non mais attends, c'est pas marqué jardin d'enfants !

Au téléphone, Kléber s'était fait passer pour l'aîné.

– Il est étudiant en quoi ?

Corentin essaya de rassembler ses souvenirs.

– Je sais plus trop. Son frère est en terminale à Henri IV.

– C'est chiant, les jeunes, grommela Enzo. Ça fait la différence entre le reggae et le ragga, ça parle de meufs et ça fume du shit. Je déteste les jeunes.

– Passe-moi le Nutella, papy.

– Tu vois, toi, tu es jeune. Le Nutella, c'est jeune. Moi, je n'aime que les tartines de miel.

– C'est gentil, ça fait penser à Winnie l'Ourson.

– Et tu crois que ça plaît aux filles, Winnie l'Ourson ? Au mieux, je vais tomber Tigrou. Rends-moi le Nutella.

Mélancolique, Enzo enfonça sa cuillère dans le pot.

– J'ai toujours pensé qu'il était pédé.

– Winnie ?

– Mais non ! s'indigna Enzo. Tigrou.

– Dis donc, t'arrêtes de bouffer à même le pot. C'est dégueulasse.

– Non, c'est jeune.

Corentin soupira. Il n'y avait pas grand-chose à tirer d'Enzo des matins comme celui-là.

– Bonjour, les garçons !

C'était Aria, les joues encore roses de plaisir, des épis plein ses cheveux courts, atrocement sexy dans son pyjama à peine boutonné. Elle fit un bisou à son frère, donna une tape sur le crâne d'Enzo et mordit à pleines dents dans un morceau de pain dur. Elle était la grâce même, sans le plus petit souci de l'effet qu'elle faisait. Enzo et Corentin la regardèrent, bouche bée.

– Viennent à quelle heure, les autres colocs ? demanda-t-elle en s'asseyant, une jambe pliée sous les fesses.

– Non mais attends, ils me plairont pas forcément ! dit Enzo.

– C'est surtout les chambres qui risquent de ne pas leur plaire, riposta Aria.

Les quatre jeunes gens s'étaient attribué les meilleures pièces. Les deux chambres restantes étaient petites, froides et malcommodes.

Emmanuel entra. Âgé de vingt-cinq ans, il était l'aîné des colocataires.

– Tiens, v'là Tigrou, l'accueillit Enzo.

Le copain d'Aria regarda Enzo avec un sourire méfiant.

– Pourquoi Tigrou ?

Corentin se mit à rire.

– Parce que moi, je suis Winnie l'Ourson, répondit Enzo en s'étirant. Et Corentin, c'est Coco Lapin.

– Il est toujours aussi con, maugréa Emmanuel.

– Remarque. En Bourriquet, tu serais assez convaincant.

Enzo imita la voix dépressive de l'âne :

– Bonjour, si on peut dire que ce jour soit bon…

Emmanuel jeta un regard consterné à Aria. Et dire que ce type était en licence de lettres ! Pour le punir, Aria lui fila une autre tape sur la tête, à quoi Enzo riposta en lui enfonçant les doigts au point sensible de l'aine. Aria poussa un glapissement et bourra Enzo de coups de poing. Emmanuel restait debout, interloqué.

– Mais ça va ! On se calme !

Enzo se leva d'un bond et désigna sa chaise à Emmanuel.

– Assieds-toi, la place est chaude.

Ils s'affrontèrent du regard. Emmanuel flairait en Enzo un jeune mâle désireux de le détrôner.

Après le petit déjeuner, chacun démarra les activités de sa journée. Enzo retourna s'allonger sur son lit.

– Je te dérange ?

Corentin venait d'entrer dans sa chambre.

– T'imagines, dit l'autre en s'appuyant sur un coude.

– Tu fais quoi ?

– Rien.

Corentin s'assit. C'était un brave garçon qui depuis la sixième avait fait d'Enzo son modèle.

– Ils viennent pour le café.

– Qui ? demanda Enzo d'une voix mourante.

Il s'était recouché comme s'il ne pouvait plus porter le poids du monde.

– Mais les colocs. Enfin, les candidats. Il faut que tu les voies.

Dans l'esprit de Corentin, si Enzo disait oui, les frères seraient pris. Si c'était non, ils seraient rejetés.

– Fait chier, murmura Enzo, les yeux fermés.

– Qu'est-ce que tu as ?

Corentin n'était pas un grand décodeur du cœur humain, mais il devinait que quelque chose clochait chez son copain.

– J'ai…

Soudain, Enzo se redressa et donna un coup de poing dans le mur.

– J'ai que j'aime pas être réveillé à sept heures du matin par ta sœur et l'autre disséqueur de cadavres !

Emmanuel faisait des études de médecine. Aria aussi. Enzo se rallongea, pas trop content de s'être dévoilé.

– Tu es amoureux ? finit par demander Corentin.

– De quoi ? Ça va pas ! C'est juste une question de… décence. Ils devraient penser que je suis de l'autre côté.

Corentin n'insista pas. Il respectait sa sœur aînée et il était plutôt impressionné par Emmanuel, un grand type viril, bosseur, pas vraiment marrant. Il se releva en soupirant :

– Tu seras là, ce midi ?

– Où tu veux que je sois ?

Décidément, rien à tirer d'Enzo, ce matin-là.

Kléber, de son côté, avait stressé toute la matinée.

Comment allait-il présenter son frère ? Allait-il le laisser parler ?

– Tu t'es lavé les mains ?

C'était la dixième fois que Simple se les passait sous l'eau. La nervosité de son frère l'affolait.

– Bon. Tu ne prends pas ton vérolair, c'est compris ?

– J'ai mon couteau.

Kléber lui fit des yeux encore plus noirs que d'habitude.

– Gnegnangningnin, bredouilla Simple.

– Quoi ?

Simple se mit sur la pointe des pieds et chuchota à l'oreille de son frère :

– Je peux prendre monsieur Pinpin ?

Il implorait. Kléber hésita puis, songeant à l'effet que produisait l'apparition du lapin, trancha net :

– Tu le laisses.

Mais, au moment de partir, il chercha son nouveau portable et Simple en profita pour enfoncer monsieur Pinpin dans sa poche.

– Pourquoi j'ai pas de téphélone, moi ? demanda-t-il en prenant un air bien innocent.

– Parce que tu as cassé le mien.

– Pourquoi j'ai cassé ton téphélone ?

– Parce que t'es con.

– Oh, oh…

– Oui, oui, vilain mot !

Kléber devenait hystérique.

La colocation n'était qu'à deux pâtés de maisons.

– C'est moi, le bouton, c'est moi ! s'écria Simple devant l'interphone.

Son frère l'attrapa par le revers de son blouson.

– Alors, toi, écoute-moi. Ou tu te tiens tranquille ou je te remets à Malicroix.

Simple devint blême et Kléber en éprouva du remords au même instant. Il appuya sur le bouton qui indiquait « COLOC ».

– Oui ? fit une voix féminine.

– Monsieur Maluri.

L'entrée de l'immeuble était bourgeoise. Le rideau de la loge se souleva et la concierge dévisagea les deux frères. Kléber renonça au vieil ascenseur à la grille en fer forgé et prit l'escalier. La moquette rouge impressionna Simple, qui monta les marches sur la pointe des pieds comme s'il craignait d'écraser des œufs.

– Vous avez eu peur de l'ascenseur ? les accueillit Aria. Bonjour… Vous êtes Barnabé ?

Elle s'adressait à Kléber. L'adolescent faisant une tête de plus que son frère, elle le prenait pour l'aîné.

– Non, je suis Kléber.

– Ah ? Excusez-moi. Enfin, excuse-moi. On peut se tutoyer ?

Les deux frères étaient entrés. Aria tendit la main à Simple :

– Et donc, par déduction, vous êtes Barnabé. Moi, c'est Aria.

Il y eut un temps de flottement car Simple serra la main d'Aria sans rien lui dire.

– Et… euh… les autres sont au salon, pour le café, ajouta Aria un peu laborieusement. Entrez !

Emmanuel lisait, Corentin fumait, Enzo ne faisait rien. Les tasses et la cafetière attendaient sur la table en compagnie d'une assiette de sablés. Il y eut un brouhaha de « bonjour » à l'entrée des Maluri. Tout le monde s'assit autour de la table et Emmanuel prit la direction de l'entretien :

– Donc vous êtes à la recherche d'un logement ?

Kléber expliqua leur situation provisoire chez une parente âgée et leur désir d'indépendance.

– Vous êtes étudiant en quoi ? le questionna Emmanuel, faisant la même erreur qu'Aria.

– Je vais entrer en terminale.

Tous les regards se posèrent sur Simple. Il avait les mains sous la table et le nez baissé.

– Oui, voilà, dit Kléber. C'est mon frère aîné. Il est débi… déficient mental.

Dans le silence qui suivit, Kléber perdit pied.

– Oui, je suppose que ça… ça vous pose problème, murmura-t-il.

Aria eut de la peine pour lui.

– Il est muet ?

– Oh non ! Là, il est intimidé.

À présent, Simple jetait des coups d'œil en dessous, ce qui n'était pas du meilleur effet.

– Tu veux dire quelque chose, Simple ? lui chuchota son frère.

Le jeune homme fit non de la tête, la mine très farouche.

– C'est de naissance ? questionna Emmanuel.

– Oui. On pense que… Enfin, c'est sans doute pendant la grossesse.

– Un genre d'autisme ? insista Emmanuel.

– Oh ! C'est pas une consultation ! protesta Enzo.

Il se tourna vers Kléber :

– Bon, ça va pas être possible, on est des étudiants, tu vois. Toi, on t'aurait accepté sans problème. Mais ton frère, il peut pas être laissé en liberté. Il faut le mettre dans un machin genre… spécialisé.

Aria lui jeta un regard outré.

– Non mais, moi aussi, j'ai bon cœur ! se rebiffa Enzo. Seulement, ce genre de truc, ça nous dépasse. On peut pas prendre en charge…

– Tout dépend des troubles dont il souffre, dit Emmanuel.

Il suffisait qu'Enzo prenne une position pour qu'il aille dans le sens opposé.

– Il est sous traitement ? demanda-t-il à Kléber. Il est suivi en hôpital de jour ?

On entendit alors Simple qui grognait :

– Gnegnengnagno.

– Ah, quand même ! Il produit des sons, remarqua Enzo.

Simple s'adressa à Aria et Aria seulement :

– Je peux prendre un gâteau ?

– Oui, tiens…

Elle lui tendit un sablé du bout des doigts comme s'il était un petit chien. Jamais Kléber ne s'était senti aussi humilié. Il fit une dernière tentative :

– En fait, il a le Q.I. d'un enfant de trois ans.

– Ah tiens ? C'est comme Corentin, fit Enzo qui ne se gênait jamais pour charrier son copain.

La blague détendit l'atmosphère. Aria servit le café.

– Il peut en prendre ? demanda-t-elle à Kléber.

– Mais non, ça va l'exciter, intervint Emmanuel.

La stupidité de ces jeunes anéantissait Kléber. Ils étaient pires que la grand-tante ! Mais plus Kléber souffrait, plus son frère s'enhardissait. Le gâteau et le sourire d'Aria y étaient sans doute pour quelque chose.

– Elle est jolie, la dame, dit-il, paraissant surtout s'adresser à son sablé.

– Dans le fond, il est plus précoce que Corentin, remarqua Enzo.

Simple le dévisagea et, le montrant timidement du doigt à son frère, chuchota :

– C'est comment son nom ?

– Je m'appelle Winnie l'Ourson, se présenta Enzo. Et lui (il montra Corentin), c'est Coco Lapin.

Au mot « lapin », Simple plongea la main dans sa poche, et bientôt deux oreilles passèrent au-dessus de la table.

– Coucou, dit Simple en les agitant.

– C'est quoi, ça ? fit Enzo, l'air dégoûté.

– C'est qui ? rectifia Simple, l'air triomphant. C'est avec « in » dedans.

– C'est monsieur Pinpin, dit Kléber, pressé d'abréger ses souffrances.

– Ouiiiii !

Simple brandit son lapin par les oreilles. Emmanuel se recula au fond de sa chaise.

– Holà ! Il a pas des pilules à prendre quand il est dans cet état ?

Voyant qu'Emmanuel s'inquiétait, Enzo prit le contre-pied :

– Non mais attends, il est marrant, ce type ! Et il a un chouette lapin.

– Moi, j'ai un couteau, dit Simple.

– Et moi, j'ai une baïonnette ! fit Enzo sur un ton gamin.

Simple se mit à rire comme s'il comprenait la plaisanterie.

– Il a l'air d'avoir bon caractère, dit Corentin.

Il venait en renfort, sentant qu'Enzo était en train de changer d'avis.

– Il est très affectueux, confirma Kléber, reprenant soudain espoir.

Il songea au même moment qu'il serait toujours temps de parler des téphélones, du vérolair et de tous ces détails qui faisaient le charme de la vie avec son frère. Aria servit un peu de café à Simple qui le lapa avec diverses grimaces.

– Vous voulez voir les chambres ? proposa-t-elle ensuite.

Kléber n'en croyait pas ses oreilles. Ils allaient peut-être se faire accepter.

Les deux dernières pièces disponibles se trouvaient au bout du couloir. Elles étaient sommairement meublées et affligées d'un papier peint pisseux. Kléber était aux anges. Les deux chambres communiquaient. Quand il comprit que l'une des deux lui était destinée, Simple déclara :

– C'est moche.

Aria, qui les accompagnait, en convint :

– On s'est gardé les plus jolies chambres, très égoïstement.

– C'est sans importance. On sera très bien.

Kléber était heureux et le montrait. Aria, qui vivait en effet une petite vie égoïste, en éprouva du plaisir. Elle rendait service à un type bien et à son frère handicapé.

– Alors, dit-elle gaiement, quand est-ce que vous vous installez ?

Il fallait régler les questions matérielles. La discussion risquait d'ennuyer Simple.

– Je t'ai pris des jouets, dit Kléber à son frère.

Il ouvrit son sac à dos et sortit quelques Playmobil.

– Tu as le vérolair ?

– Non, je ne l'ai pas pris.

– Si. Le vérolair Playmo pour le cow-boy, s'entêta Simple.

Aria regardait les deux frères, un peu effarée malgré sa bonne volonté.

– Euh... je t'attends au salon, dit-elle.

Dès qu'elle fut sortie, Kléber attrapa son frère par le blouson.

– Alors, toi, écoute-moi...

– Je veux pas aller à Malicroix, supplia Simple.

– Mais non, tu n'iras pas.

Il chuchota :

– Ils nous acceptent. On va vivre ici. Mais tu dois être sage. Je peux te laisser jouer tout seul dans ta chambre ?

– Je suis pas tout seul !

Il agita son lapin. Kléber s'assura d'un regard circulaire qu'il n'y avait ni réveil ni téléphone dans la pièce, rien qu'on puisse suspecter d'abriter un beaud'homme. Puis il retourna au salon.

– C'est super, dit-il d'emblée.

Il accepta les conditions financières, le partage des tâches domestiques, les règles de vie commune. Puis vinrent les questions gênantes.

– Quand tu seras en cours, qui va s'occuper de ton frère ? demanda Emmanuel.

– Il a l'habitude de rester seul. Il joue, il fait des coloriages, il regarde ses albums...

– La télé ? supposa Corentin.

– Pas trop. Plutôt des cassettes de dessins animés.

– J'ai toutes celles de *Winnie l'Ourson*, fit Enzo.

Il était très content qu'il y eût un idiot dans l'appartement.

Tandis que Kléber s'efforçait de plaire aux colocs, monsieur Pinpin prenait possession de son nouveau terrier.

– C'est pas super, dit-il.

Puis il aperçut la couette sur le grand lit.

– On peut faire la grotte ?

Peu de gens savent qu'une couette fait une excellente grotte à lapin. Simple l'arracha du lit et la modela en s'aidant des oreillers et du polochon. Puis monsieur Pinpin y risqua ses oreilles.

– C'est bien, dedans ? demanda Simple.

Monsieur Pinpin s'enfonça tout à fait et on entendit sa voix étouffée qui râlait :

– C'est pas super.

Il ressortit :

– Y a même pas de chaise.

– Oui, mais c'est calme, nord, sud, sud-ouest, récita Simple, mettant à profit ses relations récentes avec les agences de location.

– T'as pas des chaises ? insista monsieur Pinpin.

Simple regarda autour de lui et se tapa le front du plat de la main. Mais si ! Il y avait quelques livres de poche sur une étagère. C'était de l'excellent mobilier à lapin. Tous les livres disparurent sous la couette, fournissant table, chaises et lit.

– C'est dur, le lit ! rouspéta monsieur Pinpin.

Un napperon plié servit de matelas. À force de plonger dans le terrier de monsieur Pinpin, Simple eut très chaud. Il ôta son blouson, puis sa chemise, ses chaussures, ses chaussettes.

– Moi, je suis à poil, l'encouragea monsieur Pinpin. T'as qu'à faire à poil.

Simple refusa à cause du couteau. Au bout d'une heure de jeu, la chambre était dans un état avancé de pagaille, avec des jouets et des vêtements répandus sur la moquette, et tout un fourbi au fond du lit. Kléber revint chercher son frère. Enzo l'escortait.

– Mais Simple, qu'est-ce que tu fais ?

Il regarda autour de lui, l'air vaguement coupable.

– Je fais le chantier.

Enzo était entré.

– Il met le souk en un temps record, ton frangin.

– Il va ranger.

Passé seize heures, Kléber ne s'énervait plus.

– Range tout ça, dit-il. Et pourquoi tu t'es déshabillé ?

– Pour faire le lapin.

Les jours suivants furent très joyeux. Les frères Maluri déménagèrent. Plus exactement, Kléber empaqueta leurs affaires tandis que Simple commentait les préparatifs à monsieur Pinpin.

– C'est le plus beau jour de ma vie, déclara-t-il quand Kléber lui eut retrouvé le deuxième ski Playmobil sous un meuble.

Si, à ce moment-là, on avait proposé à Kléber d'échanger son frère contre quelqu'un de normal, il aurait refusé.

– Viens, on va dire au revoir à notre grand-tante.

Kléber embrassa la vieille dame et la remercia pour son hospitalité.

– Tu embrasses Tatie, Simple ?

– Non. Elle pue.

Les deux frères se retrouvèrent rapidement dans la rue. Une fois devant l'interphone, Kléber laissa son frère appuyer sur le bouton « COLOC ». Mais Simple ne put limiter son enthousiasme à un seul bouton et il appuya sur tous les autres en marmonnant :

– 7, 9, 12, B, 1000, 100.

– Allô ?

– Oui ?

– Qui est-ce ?

Simple regarda bizarrement l'interphone :

– Y a beaucoup de beaud'hommes dedans.

Dans l'entrée, le rideau se souleva et la concierge regarda passer les nouveaux locataires.

Au salon, les quatre étudiants étaient réunis pour fêter l'installation des frères Maluri. Kléber avait eu le temps de discuter avec l'un ou l'autre tout en emménageant. Mais Simple n'avait pas encore remis les pieds dans l'appartement. Comme la première fois, il parut intimidé. Il avait un sac à dos bourré de jouets auquel il se cramponnait.

– Il prendra de l'alcool ? demanda Aria à Kléber.

– Mais non, voyons, dit Emmanuel, c'est incompatible avec les médicaments.

Le futur médecin restait persuadé que Simple était bourré de neuroleptiques. Il se tourna vers Kléber :

– C'est une zone du cerveau qui a été lésée à l'accouchement ?

– Emmanuel, tu es gentil, intervint Enzo, mais tu attendras qu'il soit mort pour faire ton rapport d'autopsie. À part ça, est-ce que monsieur Pinpin est content d'être ici ?

– C'est une peluche, répondit Simple.

On n'entrait pas dans son monde sans invitation.

– Y en a plus des gâteaux ? demanda-t-il à Aria.

– C'est des gâteaux apéritif, aujourd'hui.

Tout le monde s'assit, se servit à boire, bavarda, mais chacun guettait Simple du coin de l'œil. Il prit d'abord un bretzel, le goûta, fit tout bas « Caca », le reposa dans le bol, puis il croqua un biscuit au fromage, fit « Berk », et le remit aussi dans le bol.

– Non mais attends, il va pas tous les essayer ! protesta Enzo.

– Tu es à peu près aussi répugnant que lui, dit Aria.

– Quoi ?

– Quand tu bouffes le Nutella à même le pot !

À présent, Simple recrachait une amande salée au-dessus d'un cendrier en faisant : « Pt, pt, pt. » Enzo perdit patience :

– Mais il est immonde !

Kléber attrapa son frère par la manche sans ménagement et le força à se lever.

– J'ai pas tout goûté les apétirifs ! dit Simple, indigné.

– Viens dans la chambre. Tu n'es pas sympa. Allez, prends ton sac à dos et suis-moi.

Le départ des deux frères fut suivi d'un silence embarrassé.

– C'est quand même pas gagné, laissa tomber Corentin.

Chapitre 3
Où monsieur Pinpin veut que tout le monde ait une queue.

Simple était matinal. Kléber lui avait appris à patienter dans son lit en regardant des albums. Mais, ce jour-là, le monde merveilleux de la colocation entrouvrait ses portes et Simple ne tenait plus en place. Sans l'avoir prémédité, il se retrouva dans le couloir, pieds nus et en pyjama. L'appartement était tout entier plongé dans la bienheureuse torpeur du petit matin. Comprenant que tout le monde dormait, Simple se dit « chut » à lui-même. Il avança jusqu'au milieu du couloir. Le silence lui parut redoutable. Il courut vers sa chambre et sauta d'un bond sur son lit.

– Qu'est-ce tu as vu ? lui demanda monsieur Pinpin.

– Rien.

C'était effrayant.

– Tu viens avec moi ? demanda Simple.

– Plutôt on ferait la grotte ?

Mais l'inconnu tentait Simple. Il attrapa monsieur Pinpin par les oreilles et ressortit dans le couloir. Il marcha sur la pointe des pieds et s'immobilisa à hauteur d'une porte close. Il s'en échappait des bruits mystérieux. Simple y colla son oreille et envisagea deux hypothèses : ou deux chiens qui se battaient dans le lit ou les beaud'hommes de l'interphone qui sautaient sur le matelas. Simple résista à la tentation de regarder par le trou de la serrure et s'éloigna vers le salon.

Il poussa un « ah ! » de triomphe en apercevant sur la table basse les restes de l'apéritif. Il y avait là des Apéricube que son frère ne lui avait pas laissé le temps d'expérimenter. Il sortit un des cubes de fromage goût poivre de son emballage et l'aplatit contre son palais. Il devint tout rouge et se dépêcha de recracher la bouillie épicée.

– C'est poison, c'est poison ! s'écria monsieur Pinpin en faisant des bonds. Tiens, bois !

Il poussa vers Simple la bouteille de whisky. Simple s'en versa un bon demi-verre et but. Il crut étouffer.

– Tu vas être mort ! s'enthousiasma monsieur Pinpin.

Simple courut vers la cuisine, ouvrit le robinet et mit la tête dessous. Il but puis se redressa, négligeant de refermer le robinet. Il venait d'apercevoir quelque chose de très intéressant.

– Un feu, dit-il à monsieur Pinpin.

Il y avait un briquet près d'un cendrier. Simple le toucha du bout du doigt, s'attendant à en voir jaillir une flamme.

– Prends, prends ! l'encouragea monsieur Pinpin.

– Y a pas un beaud'homme dedans ?

– Mais non ! Il serait tout brûlé.

Simple leva les yeux au plafond tout en attrapant le briquet. Il ne souhaitait pas voir ce que faisait sa main, car Kléber ne serait sûrement pas d'accord. Il se sentait tellement coupable qu'il sursauta en entendant une porte s'ouvrir. Il glissa le briquet dans sa manche et s'apprêta à regagner sa chambre. Mais l'appartement était grand et Simple se trompa de direction. Il alla tout droit vers la salle de bains où Aria venait de se faufiler, à demi drapée dans un tee-shirt d'Emmanuel. À sept heures, pensant que tous les colocs dormaient, elle ne prenait jamais la peine de pousser le verrou. Elle entra dans la baignoire, tourna les robinets, prit le pommeau de la douche et… poussa un cri. Simple avait ouvert la porte.

– Mais qu'est-ce que tu fais là, toi ? Va-t'en !

Simple la regardait, les yeux lui sortant presque de la tête.

– T'as pas de queue ?

D'une main, Aria dissimula sa nudité comme une Ève surprise par le péché.

– T'as pas une queue derrière ? insista Simple, en plein désarroi.

En guise de réponse, Aria dirigea le jet d'eau vers Simple, qui battit en retraite.

– Elle m'a tout mouillé, fit-il, très mécontent.

– Moi aussi, dit monsieur Pinpin.

Ils coururent tous deux à l'autre bout de l'appartement et se barricadèrent dans leur chambre.

– Elle est méchante, dit Simple.

Mais ce n'était pas ce qui le tourmentait.

– T'as vu ? Elle a pas de queue.

– C'est les filles, dit monsieur Pinpin en s'allongeant sur l'oreiller.

– Elles ont pas de queue ?

– Non.

Simple était très perturbé.

– Peut-être une petite ? On la voit pas bien…

– Une microspique ? s'interrogea monsieur Pinpin.

Simple n'était pas d'un tempérament spéculatif. Il abandonna ce sujet délicat et secoua sa manche de pyjama. Il admira sa prise de guerre puis alla la cacher dans son placard sous un sweat.

Quand Emmanuel entra dans la cuisine, il vit tout de suite le robinet ouvert.

– Signé Enzo, dit-il en le refermant.

La pensée de son jeune rival amena sur ses lèvres un sourire dédaigneux. Il venait de faire l'amour avec Aria. Il se sentait beau, puissant, viril. Il savait qu'il serait bientôt interne des hôpitaux de Paris, il épouserait Aria et il aurait des enfants. Pendant ce temps, Enzo continuerait de glander.

Il prépara le café en comptant les cuillerées.

– 5, 6…

– 12, 9, B, 1000, 100.

Emmanuel tressaillit et se retourna :

– Ah, c'est vous… toi…

Il s'arracha le tutoiement. Il aurait voulu parler à Simple à la troisième personne, le mettre à distance, au pays des fous.

– Vous… Tu as pris tes médicaments, ce matin ?

– C'est pas bon, tes dicaments.

Il y avait de l'hostilité dans la voix de Simple. Emmanuel lui rappelait Malicroix.

– Il est là, celui-là, fit Aria en entrant.

Emmanuel se sentit soulagé.

– Enzo avait oublié de fermer le robinet, dit-il.

– Enzo ? Tu crois ?

Aria interrogea Simple du regard.

– C'est pas moi, c'est monsieur Pinpin.

– Il a bon dos, le lapin, grommela Emmanuel.

Il ajouta deux cuillerées et dit :

– On a fait une erreur de casting avec les nouveaux colocs, tu ne crois pas ?

Aria fit signe que l'un des intéressés était là.

– Tu peux parler, lui certifia Emmanuel, il est débile.

– I-di-ot, rectifia Simple.

– Il suit parfaitement la conversation, remarqua Aria.

Les deux étudiants s'assirent pour déjeuner sans plus se

soucier de Simple. Ils se préparèrent des toasts, se demandèrent l'un à l'autre « le beurre, chérie », « la confiture, bébé ». Simple, qui avait faim, tenta sa chance auprès d'Aria :

– Un gâteau, chérie.

Elle éclata de rire et alla chercher des sablés dans le placard.

– Tiens, bébé.

– Je suis pas un bébé. J'ai un couteau.

Emmanuel reposa sa tasse brusquement en murmurant :

– C'est pas possible.

– Mais calme-toi, lui dit Aria. Il n'est pas dérangeant.

– Ah ? Tu trouves ?

– Oui, je trouve.

Leurs regards se heurtèrent.

– Elle est gentille, la dame, dit Simple à son sablé. Mais quand même, elle a pas de queue.

Emmanuel se leva :

– Je ne supporte pas. Je… je vais dans la chambre.

C'était incroyable. Un garçon tellement sûr de lui. Simple le déroutait. Aria finit toute seule son petit déjeuner tandis que Simple jouait à mi-voix avec trois cuillères. Les deux cuillères à soupe étaient papa cuillère et maman cuillère. La cuillère à café était un bébé.

– T'es un i-di-ot, lui dit papa cuillère. Moi, je veux plus de toi.

Aria était restée un moment perdue dans une rêverie boudeuse. À présent, elle écoutait le jeu de Simple.

– La maman cuillère, elle serait mort. Et le papa cuillère, il aurait mis le bébé à l'instutution. On dirait ça serait le bol.

Simple plongea la petite cuillère dans un restant de café.

– Au secours, je coule ! Bloup, bloup, je coule… Le bébé cuillère il aurait mort à Malicroix et le frère il l'aurait emmené dans une autre maison…

Simple chercha quelque chose sur la table. Il aperçut la cuillère près du bol d'Aria. Il fit avancer l'index et le majeur dans sa direction comme un petit bonhomme puis il regarda Aria en dessous :

– J'ai besoin de la cuillère, dit-il tout bas.

Elle la lui tendit. Simple eut un grand sourire.

– C'est le frère, expliqua-t-il.

– Il va chercher le bébé cuillère à l'institution ?

Simple fit oui de la tête, l'air tellement heureux qu'Aria en eut les larmes aux yeux.

– Tu es content d'être ici ?

Il fit encore oui de la tête.

– Mais peut-être elle va pousser, dit-il.

– Quoi donc ?

– Ta queue.

Enzo n'était pas matinal. Mais les ébats amoureux d'Aria et Emmanuel l'avaient une nouvelle fois tiré du sommeil. Il écouta, se tourna et retourna dans son lit, s'occupa les mains, lut un peu, puis se leva, furieux.

Enzo avait un jardin secret. Un grand cahier à petits carreaux. C'est là qu'il se réfugia. Quand il avait quinze ans, il écrivait des poèmes que Corentin trouvait super. À dix-sept ans, il s'était lancé dans des nouvelles humoristiques que Corentin trouvait géniales. À présent, il écrivait un roman et n'en parlait à personne. Vers onze heures, il sortit de sa chambre, affamé, migraineux, ayant augmenté son texte d'un demi-chapitre. Il y était question d'un garçon qui faisait l'amour par procuration, en écoutant ses voisins de l'autre côté du mur.

– Bonjour, Winnie, l'accueillit Simple au salon.

– Salut, l'idiot. En vrai, je m'appelle Enzo.

– Moi, en vrai, c'est Simple.

– T'as le sens de la repartie, remarqua Enzo en s'effondrant sur le canapé.

Il débarrassa les coussins de tout le fourbi que Simple y avait mis en l'envoyant valser d'un revers de main.

– Tu crois que Kléber, il est mort ? demanda Simple.

– Il est pas levé ?

Simple fit non de la tête.

– Il est peut-être seulement mourant, le rassura Enzo.

Il attrapa un Playmobil sur la moquette.

– C'est le cow-boy.

– Ouais. Moi, j'avais les Tuniques bleues, se souvint Enzo. C'est les plus forts.

– Non, c'est le shérif.

– Non, c'est les Tuniques bleues.

– C'est le shérif.

Ils se regardèrent. Simple ne céderait pas.

– T'es chiant, hein ?

– Oh, oh, vilain mot.

Enzo laissa aller sa tête contre le canapé en riant d'un rire fatigué.

– Moi, je veux Kléber.

Simple était inquiet. Enzo se leva. Il trouvait que le frère cadet était un peu gonflé de laisser l'idiot à la charge de la coloc.

– Viens, on va le réveiller.

Kléber dormait. C'était la première fois depuis bien des nuits qu'il dormait paisiblement. Simple sauta sur son lit et le secoua. Kléber se redressa, ahuri, cherchant ses lunettes. Il vit Enzo.

– Il est quelle heure ?

– Dix-huit heures.

Kléber prit sa montre sur la table de chevet. Bientôt midi.

– Putain !

– Oh, oh, vilain mot, dirent ensemble Simple et Enzo.

Ils laissèrent Kléber se préparer et retournèrent au salon. La porte d'entrée claqua. C'était Corentin.

– Je suis allé me racheter un briquet, dit-il à son copain. Je sais pas ce que j'ai fait du mien.

Il jeta un regard à Simple :

– Ça va, lui ?

– Oui, il me rééduque, répondit Enzo.

Il donna une tape sur l'épaule de Simple :

– Et y a du boulot, hein ?

– Aïyeu, grogna Simple.

Kléber reprit bientôt son frère en main. Il faisait beau, il décida d'aller le promener. Au bas de l'escalier, un vieil homme était à l'arrêt, une main sur la rampe, l'autre tenant le pommeau d'une canne. Il semblait attendre les deux frères.

– Vous avez encore bloqué le vide-ordures ! leur lança-t-il. Je vais le signaler à la copropriété. J'en ai plus qu'assez !

Kléber haussa les sourcils sans répondre.

– Mais c'est des nouveaux ! s'emporta le vieillard. Ils sont combien dans cet appartement ?

Kléber jugea prudent de laisser passer la bourrasque. Mais Simple dit à voix très haute :

– Il a une canne, celui-là. Il va bientôt être mort !

Kléber réprima un fou rire et poussa son frère vers la rue.

– On va faire les courses pour la coloc, Simple. Il manque du café et du jus de fruits.

– Orange.

Pour Simple, le jus de fruits était du jus d'orange, la glace était à la vanille et les nouilles au ketchup.

– Tu crois je vais être mort, moi aussi ? s'interrogea Simple.

– Tu es petit.

– Mais quand je serai plus petit…

Kléber sourit.

– Tu seras toujours petit. Mais tout le monde meurt, un jour. Toi, ce sera dans très longtemps.

– Douze ?

– Plus que douze ans.

– Mille, vingt, B, cent ?

– À peu près.

Simple médita l'information.

– Et toi, tu vas être mort quand ?

– J'en sais rien. Ça t'ennuierait de changer de sujet ?

Simple avait envie de discuter comme font les grands.

– Tu connais les filles, Kléber ?

Kléber songea qu'il aimerait les connaître mieux.

– Tu penses à Aria ? Elle est jolie, c'est ça ?

Simple ne répondit pas. Son frère n'avait pas l'air au courant du problème concernant les filles. Tous deux s'enfoncèrent dans une galerie marchande. À l'entrée du supermarché, se tenait un vigile à casquette, les jambes écartées et les mains croisées devant la braguette comme s'il redoutait une agression de ce côté.

– C'est un mirlitaire, dit Simple en le montrant du doigt.

– Arrête de montrer les gens.

Un peu plus loin, Simple commença à traîner les pieds. On passait devant les présentoirs d'albums pour enfants.

– Je n'achète rien, prévint Kléber.

Simple s'arrêta, les yeux exorbités.

– Qu'est-ce que tu regardes ?

Simple montra un album rose bonbon où deux lapins semblaient bouder, dos à dos et bras croisés. Kléber lut le titre à mi-voix :

– *Mon petit lapin est amoureux.*

Un des deux boudeurs était en fait une boudeuse. Simple posa le doigt sur elle :

– C'est une fille lapin.

Kléber tira son frère par la manche mais il avait pris racine.

– C'est une fille lapin, répéta-t-il comme si la chose était d'importance.

Kléber soupira et feuilleta le livre. La dernière image représentait les deux lapins tendrement enlacés.

– Je sais pas si c'est de ton âge, fit-il, à moitié sérieux.

Une fois de retour, Simple traversa l'appartement en courant :

– Monsieur Pinpin ! J'ai un livre de lapin !

– Montre, montre !

Simple referma d'abord la porte de la chambre et posa l'histoire devant monsieur Pinpin.

– C'est *Mon petit lapin est amoureux*, dit-il.

Monsieur Pinpin fit un bond :

– Une madame Pinpin, là, là !

– T'es amoureux, se moqua Simple.

Monsieur Pinpin fit plein de bisous à la madame Pinpin de la couverture.

– Tu fais l'amour ? lui demanda Simple.

Ils se regardèrent. Tout n'était pas simple dans cette histoire.

Et tout se compliqua en fin d'après-midi quand le vieux voisin du dessous sonna à la porte.

– Monsieur Villededieu, le salua Enzo sur un ton mondain. Comment va madame Villededieu ?

– Vous, ça suffit ! le rembarra le voisin. Vous m'avez encore bloqué le vide-ordures. Je vous ai déjà dit de ne rien jeter de volumineux.

Il entra, la canne pointée vers Enzo, laissant à penser qu'il n'en avait guère besoin.

– Où est le voyou qui a souhaité ma mort, tout à l'heure ? Ne mentez pas, je sais qu'il est chez vous !

Il regardait autour de lui.

– Mais je me plaindrai à la copropriété. Tiens, elle est là, celle-là !

C'était sa façon de saluer Aria, que ses éclats de voix venaient d'attirer au salon.

– Ah, c'est lui, le voilà ! s'écria-t-il en apercevant Simple. Je vous préviens : ou vous me faites des excuses ou je porte plainte auprès de la copropriété.

Kléber s'interposa :

– Mon frère est déficient mental, monsieur. Il n'a pas voulu vous offenser.

– Un fou ! glapit monsieur Villededieu. Mais vous n'avez pas le droit de garder ça ici ! Nous sommes dans un immeuble bourgeois. Il va nous mettre le feu !

Simple le regarda, les yeux ronds. Comment cet homme savait-il qu'il avait volé un briquet ? Le nom de Villededieu lui parut redoutable.

– On vous dit qu'il est débile, s'énerva Enzo. Pas fou.

– I-di-ot, dit tout bas Simple.

– Et puis ça ne vous regarde pas, ajouta Aria.

– C'est ce qu'on verra, ma petite demoiselle. Il y a une réunion de la copropriété, la semaine prochaine, je vous garantis que j'en parlerai.

Une fois dans l'escalier, monsieur Villededieu passa en revue tous les garçons qu'il avait vus dans l'appartement jusqu'à présent et arriva au chiffre cinq. Cinq garçons pour une fille. Avaient-ils instauré un tour de rôle ?

– Je vais le tuer, moi ! dit Simple, après le départ du voisin. J'ai mon vérolair.

Il sortit le revolver de sa poche. Aria, Corentin et Enzo en eurent un sursaut.

– Non mais attends, d'où il sort ça ? questionna Enzo.

– C'est un pistolet d'alarme, répondit Kléber, un peu embarrassé. C'est pas dangereux.

Enzo tendit la main vers Simple :

– Passe voir.

– Après, tu me rends.

Enzo soupesa l'arme, prit un air de connaisseur puis fit semblant de viser Aria. Longuement. Le revolver à bout de bras.

– Ça y est, oui ? lui dit-elle, agacée.

Il sentit sur ses lèvres une envie brûlante de lui crier :

– Tu verras, je t'aurai !

Mais il baissa le bras. Pas si simple que ça.

CHAPITRE 4
Où monsieur Pinpin se rend à la messe et oublie d'en revenir

Corentin fut étonné, le dimanche matin, d'apercevoir Simple et Kléber sur leur trente et un.

– Vous allez où, sapés comme ça ?

– À la messe.

– Ça existe encore ?

Il avait vaguement dans l'idée qu'on avait supprimé la messe en même temps que l'huile de foie de morue et les martinets.

Une fois dans l'escalier, Simple demanda si c'était obligé d'y aller.

– Oui, répondit Kléber.

– C'est long ?

– Une heure.

– Une, c'est comme douze ?

– Une, c'est comme une.

Kléber était laconique, le dimanche matin. Les deux frères arrivèrent en retard à la messe et se glissèrent dans les derniers rangs. Pendant quelques minutes, Simple distribua au hasard un certain nombre d'amen et de « vas-y Luia ».

– Alléluia, lui souffla Kléber. Et on n'est pas sur le Tour de France.

À ce moment-là, deux personnes arrivèrent encore plus en retard que les frères Maluri, un vieux monsieur avec une canne et une dame bien plus jeune et rondelette.

– Mais avance, avance, chuchota-t-elle en poussant sans ménagement son vieux mari dans la rangée.

Simple se haussa sur la pointe des pieds pour signaler à Kléber :

– C'est monsieur Dieu.

Kléber acquiesça en souriant. Monsieur et madame Villedieu prirent place devant eux et le vieil homme leur jeta au passage un regard entre surprise et courroux. Que venait faire l'idiot au milieu des gens normaux ? Et depuis quand les jeunes allaient-ils à la messe ?

– C'est long, soupira Simple.

– Ça vient de commencer.

– Je peux aller voir le dessin ?

Il montra du doigt un imposant tableau aux sombres couleurs qui représentait une descente de croix. À la troisième demande, Kléber céda :

– Vas-y, mais t'es chiant.

– Oh, oh…

– Je sais, je me confesserai. Casse-toi.

Monsieur Villededieu tourna la tête vers eux pour bien leur montrer qu'il était importuné. Puis il suivit l'idiot du regard. Simple se dirigea vers l'allée latérale et resta un long moment devant le tableau à détailler le corps du supplicié, la marque des clous dans les pieds et les mains, le trou de la lance au côté et les traînées de sang sous la couronne d'épines.

– Pas beau caca, murmura-t-il, fasciné.

Puis il avisa le confessionnal. Cette cabane en bois l'intriguait depuis longtemps. Il passa la tête par le rideau.

– Y a personne, dit-il tout bas.

Il se faufila à l'intérieur et s'assit sur la petite marche où le pénitent s'agenouille. Puis il sortit monsieur Pinpin de sa poche.

– Pfou, c'est long, la messe ! Où c'est qu'on est ?

Monsieur Pinpin regarda autour de lui et parut tout excité :

– C'est une grotte ! On joue ?

Au bout de quelques minutes, l'orgue se mit à gronder sous les voûtes et Simple songea à la tête qu'allait lui faire Kléber.

– Attends là, monsieur Pinpin. Je fais un peu de messe et après, je reviens.

– Je garde la place, répondit monsieur Pinpin, trop content de couper à la corvée.

Kléber parut en effet très mécontent quand son frère revint se mettre à son côté.

– Ne disparais pas comme ça ! Où tu étais ?

– Dans la grotte.

Kléber haussa une épaule et interdit toute nouvelle distraction à son frère. Après la messe, Simple se sentit immensément heureux.

– C'était pas long, dit-il avec satisfaction, alors qu'il avait passé le dernier quart d'heure à donner des coups de pied dans le prie-dieu.

Pour cet ultime après-midi de liberté, Kléber emmena son frère sur un bateau-mouche et l'empêcha par trois fois de se noyer, puis ils allèrent manger une glace chez Bertillon. À la demande de Simple, la vendeuse énuméra tous les parfums :

– Maracudja, goyave, miel-nougat, cappuccino…

Simple choisit une glace à deux boules :

– Vanille, vanille !

Le soir, les frères Maluri dînèrent seuls à la colocation. Tous les autres étaient en vadrouille. Une fois dans sa chambre, Kléber mit son réveil à sonner pour sept heures et prépara son sac, crayons, papiers, agenda, avec un pincement au ventre. On frappa à sa porte.

– Tu ne te couches pas, Simple ?

Il fit non de la tête.

– Monsieur Pinpin, il est pas revenu encore.

– Quoi ?

– Quand c'est qu'il rentre, monsieur Pinpin ?

– Ne me dis pas que…

Kléber se sentit défaillir.

– Tu as perdu ton Pinpin ?

– Monsieur Pinpin, rectifia Simple. Moi, je veux qu'il revient maintenant.

Kléber eut quelque difficulté à déglutir. Il venait de se souvenir que le lapin n'avait fait aucune apparition au cours de l'après-midi.

– Tu as bien cherché ? Il n'est pas quelque part dans ton fourbi ?

– Il est à la messe.

– À la…

Kléber murmura « Mon Dieu », ce qui était approprié.

– Mais où ? cria-t-il. Où, à la messe ?

– Dans la cabane.

Kléber porta la main à son front pour se concentrer : « La cabane ? »

– Le confessionnal ! Tu l'as mis là-dedans ? Oui ?

Kléber murmura « Oh, putain », ce qui était déjà moins bien. Mais Simple ne se sentit pas le cœur de le lui reprocher. Il était très perturbé.

– Pourquoi il revient pas ?

Kléber éclata :

– Ah ça, oui, je me demande pourquoi ! Il sait que tu ne peux pas dormir sans lui !

– Il est pas gentil, lui reprocha Simple.

Kléber se mit à marcher de long en large en marmonnant :

– Mais comment je vais faire, moi, comment ?

Même en supposant qu'aucun enfant n'ait ramassé la peluche, l'église était fermée pour la nuit. Simple allait devoir se passer de monsieur Pinpin.

– On verra demain. J'irai à l'église. Pour cette nuit, il faut que tu dormes sans…

Il ne put finir sa phrase tant ce qu'il lut dans les yeux de Simple l'inquiéta.

– Tu n'as qu'à prendre le cow-boy.

Des larmes roulèrent dans les yeux de Simple, puis sur ses joues.

– Je veux qu'il rentre.

– Je suis désolé, mais c'est pas possible. Parce que c'est pas un vrai lapin. Il n'a pas de jambes, il ne marche pas. C'est une peluche !

Kléber avait fini par hurler, paniqué par la détresse de son frère. Simple porta les mains à ses oreilles et s'enfuit dans sa chambre. Kléber se mordit les doigts pour se calmer. C'était ridicule de se mettre dans un état pareil pour une peluche. Mais, en passant la main sur ses yeux, il s'aperçut qu'il pleurait. C'était affreux. Toc, toc, on frappa de nouveau. Il renifla.

– Oui ?

C'était Enzo.

– Salut… Ça va pas ?

Sans répondre, Kléber écarquilla les yeux. Dans la main d'Enzo, là, là, c'était monsieur Pinpin !

– Où tu l'as trouvé ?

– Justement, c'est marrant. Il était sur le palier.

– Sur le palier ?

– Oui. Apparemment, il était trop petit pour sonner.

Enzo disait la vérité. Il venait de trouver la peluche sur le paillasson de l'entrée. Le premier mouvement de Kléber eût été de se précipiter chez son frère en criant : « Le voilà ! » Mais il se ravisa. Il prit monsieur Pinpin des mains d'Enzo puis il alla frapper à la porte de Simple.

– Va-t'en ! T'es méchant !

Kléber entrouvrit la porte et fit passer la tête du lapin.

– Coucou ! dit monsieur Pinpin en agitant les oreilles.

– Il est rentré !

Simple, qui était tout tassé dans l'angle du mur, bondit sur sa peluche et la serra contre lui. Kléber put aller se coucher avec l'image même du bonheur gravée au fond du cœur.

Quand la porte fut refermée, Simple posa monsieur Pinpin sur l'oreiller.

– Pourquoi t'es resté à la messe ?

Il y avait un petit reproche inclus dans la question.

– C'était pour voir la nuit, frima monsieur Pinpin.

– C'est comment ?

– C'est très noir.

– Avec des monstres ?

– Un peu.

Monsieur Pinpin était vraiment courageux.

– Mais tu pars plus dans la nuit ?

– Plus jamais, promit monsieur Pinpin. Et tu me laisses plus dans la cabane ?

Simple fit non de la tête. Ils avaient eu peur, tous les deux. Simple sans monsieur Pinpin, c'était comme monsieur Pinpin sans Simple : la fin de tout.

Si Simple dormit cette nuit-là comme un bienheureux, Kléber connut l'insomnie. Était-ce la perspective de la rentrée scolaire ou le retour à pied de monsieur Pinpin qui le maintenait éveillé ?

Le lendemain matin, Kléber se prépara à quitter son frère. Bien qu'il attribuât désormais une certaine autonomie à monsieur Pinpin, il aurait souhaité un peu plus de compagnie pour son frère. Dans la cuisine, il trouva Enzo.

– Matinal.

– Pas ma faute, grogna l'autre.

– Je vais au bahut. C'est la rentrée.

Pas de réaction en face. Enzo buvait son café.

– Tu es là, ce matin ?

– Où tu veux que je sois ?

– Ça t'ennuierait de… tout se passera bien… Mais si tu peux jeter un œil sur mon frère ?

– C'est pas marqué « nurse », dit Enzo en indiquant son front.

Kléber ne dit plus rien. Il avait tort de chercher de l'aide auprès des colocs. Il risquait de les indisposer.

– C'est bon, lâcha Enzo. Je te le surveille, ton idiot.

Kléber comprit à ce moment-là qu'Enzo était sympa, mais qu'il ne tenait pas à le faire savoir.

Une fois dans sa chambre, Enzo essaya d'avancer son chapitre. Mais dans sa tête il suivait Aria. Elle déjeune, elle fait la liste des courses, elle met du brillant à lèvres, Emmanuel l'embrasse.

Enzo s'imagina à la place d'Emmanuel et appuya son poing sur sa bouche.

– Ça ne s'arrange pas, remarqua-t-il à mi-voix.

Il s'étira et décida d'aller discuter avec l'idiot pour se changer les idées.

Simple s'était installé au salon. Il aimait jouer sur la moquette entre le fauteuil et le canapé. Tous les Playmobil cosmonautes étaient de sortie. En face d'eux, il y avait une armée en plomb et en plastique, cow-boys, Indiens, soldats de Napoléon, Goths et G.I's. Simple, à plat ventre, leva la tête vers Enzo et lui fit un grand sourire :

– C'est la guerre !

Enzo s'affala dans le fauteuil.

– Qui c'est qui gagne ?

– Les Époques, répondit Simple en désignant l'armée de bric et de broc.

– Comment ils s'appellent, les autres ?

– Malicroix.

Simple se mit à genoux et s'approcha d'Enzo pour lui confier :

– On pète la gueule à Malicroix.

– T'es un chaud, toi.

– Et toi ?

– Moi ? J'ai peur de tout. Même des filles.

Simple regarda Enzo. Était-il au courant ? Il s'approcha un peu plus de lui, toujours à genoux, et dit très bas :

– Les filles, elles ont pas de queue.

Enzo resta un moment interdit, sans doute foudroyé par cette révélation.

– T'es sûr ?

Simple fit oui de la tête.

– J'ai vu Aria tout nue.

Enzo tressaillit.

– Ah bon ? Où ça ?

– Sous la douche.

– Ah, elle ne ferme pas la…

Sans achever sa phrase, Enzo fit : « Oooh. » Simple lui ouvrait des horizons.

– Enzo ! appela Aria.

Enzo fit « Chut ! » à Simple et cligna de l'œil.

– Je suis au salon !

La jeune fille entra, court vêtue, tennis pas lacées et coiffée à la diable. Elle avait beau être indifférente à l'effet qu'elle produisait, elle savait qu'Enzo avait le souffle coupé quand elle surgissait devant lui. Mais, pour elle, Enzo n'était qu'un gamin, et le copain d'enfance de son frère pour ne rien arranger.

– J'ai pas le temps pour les courses, ce matin. Je sais que c'est mon tour…

Elle fit une moue ennuyée. Enzo la regardait bouche bée.

– Tu peux acheter du Nutella et du pécul ? Surtout que maintenant, tu le bouffes à la cuillère.

– Le pécul ?

Aria fit semblant de rire : « Ah, ah. »

– Tu peux ou pas ?

– Peux pas.

– Trop de travail ?

– C'est ça.

Pendant l'échange, Simple tourna la tête de côté et d'autre, comme s'il suivait une partie de tennis, puis il songea que c'était le bon moment pour avoir un petit renseignement :

– Comment on fait l'amour ?

Les jeunes gens éclatèrent de rire, décontenancés. Puis Enzo murmura à Aria :

– Pars. Ton esclave obéira.

Aria rougit et quitta la pièce en appelant :

– Emmanuel, tu es prêt ?

Les deux étudiants en médecine quittèrent l'appartement et Enzo alla chercher son grand cahier à petits carreaux. Il voulait s'obliger à écrire tous les jours et il avait l'impression que la compagnie d'un idiot serait un excellent stimulant. Simple se remit à jouer :

– Y aurait un Époque très fort et il aurait prisonné un Malicroix.

L'Époque très fort était une espèce de Vercingétorix à cheval et Simple le fit galoper sur la moquette. Tagada, tagada. Enzo baissa les yeux sur son cahier. Ce serait l'histoire d'un idiot, un idiot qui découvrirait l'amour... Une heure plus tard, Enzo écrivait toujours au triple galop.

– Tu fais beaucoup des écritures, dit une voix tout près de lui.

Toujours à genoux, Simple s'était accoudé au fauteuil et il regardait courir le stylo. Enzo se pencha vers lui et lui cogna doucement la tête avec son front.

– Dong, fit Simple, amusé.

– Tu sais que tu es mon pote ? chuchota Enzo.

– Ouais, chuchota Simple à son tour.

Kléber était en cours. Il s'efforçait d'être présent, mais ses pensées s'échappaient sans cesse. Pourvu que Simple ne fît pas de bêtises ! Et s'il exaspérait Enzo ?

– Nous serons particulièrement intraitables sur la question de l'absentéisme, dit le professeur de physique. Chaque absence devra être justifiée.

« Commode quand on ne vit pas chez ses parents », songea Kléber. Déjà son emploi du temps l'avait fait grimacer. Le lundi et le mardi, il rentrerait à dix-huit heures.

Après son petit discours, le professeur appela chaque élève et lui demanda de préciser sa date de naissance ainsi que l'option choisie.

À la droite de Kléber, une jeune fille qui n'avait pas dix-sept ans indiqua qu'elle faisait du grec. Elle s'appelait Zahra. Kléber suivit des yeux son profil comme s'il le repassait au crayon, le front un peu bombé, le nez légèrement arqué, les lèvres sombres, le menton résolu. De quel Orient venait-elle ? Kléber, qui avait l'âme romantique, rêva de sérail et de marché aux esclaves.

– Monsieur Maluri ? appela le professeur. Kléber Maluri ? Il n'est pas là ?

– Si, oui, si, présent ! sursauta Kléber.

Les lycéens se mirent à rire tant sa réaction ahurie correspondait à son nom de famille. Zahra tourna vers lui un regard gris clair. Elle ne riait pas, mais ses lèvres s'épanouirent en un pulpeux sourire.

À la sortie du cours, Kléber remarqua une autre fille, une rousse aux joues pleines qui remontait à deux mains un flot de cheveux qui lui tenait chaud. Il eut envie de la frôler, se contenta d'appuyer sur elle son regard. Il pensa à la phrase de son frère : « Tu connais les filles, Kléber ? » Non, non, il ne connaissait pas. Il avait hâte de connaître, il aurait voulu savoir le prénom de la rousse et d'où venait Zahra et avoir leur numéro de téléphone et leur filer un rancard et merde ! Il n'avait même pas le temps d'y penser. Il se mit à courir vers la rue du Cardinal-Lemoine.

Dans l'entrée de l'immeuble, quelqu'un, qui allait prendre l'ascenseur, lâcha la porte et se tourna vers lui.

– Ah, c'est vous ? fit monsieur Villededieu. Comment ça va, l'idiot ?

Kléber faillit lui répondre : « Toi-même. » Mais le vieil homme enchaîna :

– Il était content de retrouver sa saleté de peluche, je parie ?

– Comment ça ?

Monsieur Villededieu raconta qu'il avait vu Simple jouer dans le confessionnal. Après la messe, madame Villededieu avait voulu allumer un cierge à sainte Thérèse de l'Enfant Jésus. La statue se trouvait près du confessionnal d'où monsieur Villededieu avait aperçu les oreilles du lapin qui dépassaient.

– On est rentrés tard. J'ai mis le lapin sur le palier pour ne pas vous déranger.

Kléber se confondit en remerciements, un peu déçu que le mystère Pinpin trouvât une fin si banale.

Il entra dans l'appartement, le cœur serré par l'appréhension. Il avait prétendu que Simple supportait bien la solitude. En réalité, il n'en savait rien.

– Simple ?

Il était au salon, en train de jouer aux petits chevaux avec Enzo.

– Je sais compter ! hurla Simple. 1, 2, 3, 4, B, 12 !

– Nous progressons, dit Enzo, très abattu.

À quoi rêvèrent cette nuit-là les colocs de la rue du Cardinal-Lemoine ? Kléber se partagea équitablement entre Zahra et la rousse, Simple triompha une fois de plus de Malicroix, monsieur Pinpin trouva une madame Pinpin et Enzo attendit le petit matin. Emmanuel avait la ponctualité d'un coucou suisse.

– Sept heures, soupira Enzo.

Un sourire vint bien vite égayer son visage renfrogné. Il se leva, s'habilla… mais pas trop. Caleçon, tee-shirt. Il se regarda dans la glace de la penderie et remit de l'ordre dans ses cheveux… mais pas trop. Il se rassit en tailleur et attendit encore. Quand il entendit s'ouvrir la porte de la chambre voisine, il s'avança à pas feutrés jusqu'à sa propre porte. Il fallait laisser un peu d'avance à Aria. Il la suivit dans sa tête. Elle se déshabille, elle fait couler l'eau, elle entre dans la baignoire.

– Go ! s'encouragea Enzo.

Il traversa le couloir et arriva devant la salle de bains. Il eut soudain très peur de ce qu'il allait faire. Car il allait le faire, c'était certain. Il entendait l'eau ruisseler de l'autre côté. Il imagina Aria sous le jet de la douche. Il ouvrit.

– Oh, pardon…

C'était Emmanuel.

Chapitre 5

Où monsieur Pinpin, pour avoir trop fait la fête, finit sur une table d'opération

– Je trouve plus mon briquet, dit Corentin en s'asseyant en face d'Enzo.

– Encore ?

– Je croyais l'avoir laissé dans la cuisine…

Corentin soupçonnait Enzo de lui jouer un sale tour.

– Finalement, reprit-il, on la fait, cette fête ?

– Faut dire « teuf ». Ça fait jeune.

– Plus personne dit « teuf ». Tu as au moins deux générations de retard. Mais tu m'as pas répondu…

– Ce sera toujours l'occasion de se biturer, mais qui on va inviter ?

Enzo regarda autour de lui, comme si sa vie était un désert. Corentin n'attendait qu'un signe d'encouragement de la part de son copain :

– J'y ai un peu réfléchi…

En réalité, il avait déjà fait une liste de noms qu'il sortit de sa poche.

– Y a Hubert et Jean-Paul, ça, c'est obligé. Fred, c'est un copain d'Aria, mais supportable. J'ai mon cousin Alexis qui est rentré de Londres…

– Non mais attends, l'interrompit Enzo. C'est quoi, cette liste ?

Il arracha le papier des mains de Corentin.

– Y a pas une fille ! s'écria-t-il, épouvanté.

– La faute à qui ? cria à son tour Corentin. Aller en boîte, c'est con. Draguer dans la rue, c'est con. Se faire les meufs des autres, c'est con.

– Ça se dit encore, « meuf » ?

– Ne détourne pas la conversation. J'ai pris quatre kilos en un an. Je suis interdit de filles. Alors je bouffe.

– C'est vrai que tu as grossi. Tu devrais peut-être fumer plus ?

Les deux copains se regardèrent. Ils s'aimaient beaucoup, mais ils se supportaient de moins en moins.

– Écoute, Enzo, moi aussi, j'aurais préféré qu'Aria te choisisse, mais c'est comme ça. On va pas se pourrir la vie, hein ?

Corentin savait maintenant à quoi s'en tenir. Enzo était dingue de sa sœur.

– Si j'étais musulman, je te la donnerais…

– Tu veux pas te convertir ?

Ils ricanèrent.

– Bon, faut trouver des filles, dit Enzo. Ou ça va être dramatique.

Corentin fêtait ses vingt et un ans.

– On pourrait demander au gamin ? proposa-t-il.

– Qui ? Kléber ?

– Il paraît qu'il y a des filles potables dans sa classe.

– Non mais attends, tu vas pas demander à un gosse de te rabattre des filles ?

– Tu as une autre solution ?

Enzo resta un moment les yeux dans le vide.

– Non.

Kléber fut flatté que Corentin l'invite à son anniversaire.

– Tu peux amener tes copines, fit Corentin, condescendant.

– Ah, merci ! se réjouit Kléber. Deux, c'est possible ?

– Autant que tu veux.

En une semaine, Kléber avait eu le temps de faire des travaux d'approche. La rousse s'appelait Béatrice. Elle donnait des coups de poing dans le ventre des garçons, disait des grossièretés et avait tout le temps chaud. Zahra était libanaise. En cours, elle grattait jusqu'à la fin de l'heure. Kléber sentait qu'il avait ses chances dans les deux cas. Il leur parla de la colocation, les fit rire avec la description des autres étudiants, ne dit rien de Simple. Puis il les invita à la fête de Corentin.

– Faut que je me trouve un haut, dit Béatrice.

– Faut que j'en parle à mon père, dit Zahra.

Finalement, toutes les deux acceptèrent.

La fête eut lieu un samedi soir. Dès le matin, Aria commença les préparatifs dans la cuisine.

– Alors, se résuma-t-elle à mi-voix, les crudités avec une mayo, un cake salé et un fraisier en dessert…

– Tu as pensé aux bougies ?

Aria sursauta. Elle n'avait pas entendu venir Enzo.

– Tu as des épis, lui dit-il.

Elle était encore en pyjama, pas lavée, pas coiffée.

– Occupe-toi de tes fesses.

Elle tourna le dos à Enzo et cassa un œuf dans un bol. Enzo s'avança vers elle à pas de loup et lui souffla à l'oreille :

– Tu veux pas que je m'occupe des tiennes, plutôt ?

Aria se retourna et repoussa Enzo.

– Maintenant, ça suffit.

– Ça suffit quoi ?

– J'aime Emmanuel et il m'aime.

– Mais tant mieux, dit Enzo, la voix rauque.

– Tu arrêtes de me tourner autour. Ou tu vas avoir des ennuis.

– Avec Emmanuel ?

Aria articula silencieusement : « Fous le camp. » Enzo battit en retraite jusque dans sa chambre. Une fois la porte fermée, il se tapa le front contre le mur pour se punir.

– Putain, quel dégonflé !

Il aurait dû serrer Aria dans ses bras, forcer la chance. Quelques sanglots le secouèrent de haut en bas.

– Putain, ça fait mal.

Il s'était écorché le front. Mais il ne parlait pas de ça.

De son côté, Kléber était ennuyé. Zahra et Béatrice allaient venir et il ne leur avait pas parlé de Simple. Kléber regarda un moment son frère, qui finissait d'installer son armée sur le plancher de sa chambre. Les Francs étaient au coude à coude avec les grognards de l'Empire.

– Tu mélanges les époques, dit-il, morose.

– C'est lui, l'Époque le plus fort, lui répondit Simple en brandissant Vercingétorix.

Kléber sourit malgré lui.

– Écoute, Simple, ce soir, les colocs reçoivent des amis…

– Ouais ! Je mets la cravate !

– Non, non, il ne faut pas que tu les déranges. Tu resteras dans ta chambre. Mais je t'apporterai du gâteau.

Une ombre passa sur le visage de Simple. Il devinait quelque chose. Dans la journée, il ressentit sa mise à l'écart plus nettement. Il vit les préparatifs, Enzo tirant les meubles pour dégager la piste de danse, Corentin partant à la recherche de CD dans toutes les chambres, Kléber essayant tous ses tee-shirts, Aria apportant des fleurs, Emmanuel confectionnant un planteur aux jolies couleurs. L'ambiance était fébrile et Simple, désœuvré, avait le chic pour se trouver dans les jambes de tout le monde. Monsieur Pinpin était partout, sur la pile de CD ou dans le plat de crudités (à cause des carottes, sans doute). Kléber finit par le jeter à la tête de son frère :

– Mais tu le gares, celui-là !

Simple s'enferma dans sa chambre. Monsieur Pinpin était terriblement vexé.

– Je déteste Kléber.

– Il veut pas qu'on va à la fête, lui expliqua Simple, au bord des larmes.

– Ils vont manger toutes les carottes.

– On n'aura pas du gâteau.

– Et pas le planteur.

Monsieur Pinpin avait retenu le nom de la jolie boisson.

– Moi, je veux danser, dit Simple.

– Tu sais pas. Moi, je sais. Mais il faut une madame Pinpin.

Ils se turent, remâchant leur chagrin. Le visage de Simple s'éclaira soudain. Il se frappa le front du plat de la main. Comment n'y avait-il pas pensé plus tôt ?

– Cendrillon !

Il allait se déguiser en prince et il apparaîtrait au milieu de la fête. Dès que leur décision fut prise, Simple et monsieur Pinpin devinrent très, très rusés. Ils se faufilèrent à la cuisine et volèrent un grand couvercle pour le bouclier du prince. Dans ses jouets, Simple avait une couronne de la galette des rois et une cape de Zorro. Monsieur Pinpin mit la cravate pour le cas où une madame Pinpin aurait été conviée au bal de la Cour.

Les premiers invités arrivèrent vers vingt heures. Hubert et Jean-Paul, avec des bouteilles. Le cousin Alexis avec sa *girlfriend*. Béatrice et Zahra entrèrent ensemble. La première s'était trouvé un haut très haut qui lui permettait d'exhiber son piercing au nombril. « Un peu pouf », se dit Kléber. La seconde avait une robe noire asymétrique qui lui dénudait une épaule. « Un peu pétasse », songea Kléber qui voulait passionnément leur plaire, mais tenait à garder son indépendance d'esprit. Aria avait invité deux étudiantes en médecine qui ne risquaient pas de lui faire de concurrence.

– Mais d'où elle les sort ? se lamenta Corentin qui s'empiffrait déjà, près du buffet.

– Au moins, Kléber a fait un effort, dit Enzo en se servant un planteur. La Libanaise est comestible.

– Ah tiens ? Moi, j'aime mieux la rousse.

– Y a plus à manger, concéda Enzo.

Le moral de l'assistance était si bas qu'Emmanuel put passer pour un boute-en-train. Toutefois, quand le niveau du planteur eut baissé de moitié, on enregistra un dégel du côté des filles. Elles commencèrent à rire sans raison valable et Béatrice souleva ses cheveux en s'inquiétant :

– Vous trouvez pas qu'il fait chaud ?

Corentin mit de la musique pour le cas où quelqu'un souhaiterait danser, tant l'espoir est chevillé au corps de l'homme.

– Il faut passer à la vodka, jugea Enzo.

Lui-même avait envie de se soûler. Peut-être aurait-il alors le courage de se battre avec Emmanuel ? En attendant, il buvait du planteur, l'œil sombre et la parole mauvaise. Mais pendant ce temps, le jeune Kléber traçait. C'était lui qui faisait boire les filles. Il souhaitait serrer de près Béatrice, dont la chute de reins était si tentante.

– T'as pas un slow ? vint-il demander à Corentin.

Au moment d'inviter la rousse, Kléber cala et se rabattit sur l'étudiante en médecine dont il s'était demandé en la voyant entrer : « C'est quoi, cet engin ? » L'étudiante rougit et accepta. Kléber était franchement mignon, avec ses petites lunettes rondes et son sourire coquin. De son côté, Corentin s'enhardit et proposa le slow à Béatrice. Zahra, délaissée, se jeta sur le plat de crudités, excellent pour la ligne. Enzo, furieux de voir Corentin danser avec une fille quand lui-même s'y refusait, décida de draguer n'importe qui. Il proposa le slow suivant à l'étudiante en médecine que Kléber venait de faire danser et qui n'avait jamais connu un tel succès.

Depuis dix minutes et sans que personne s'en fût aperçu, Simple était entré, déguisé en prince avec le couvercle de casserole, la couronne en carton et la cape de Zorro. La musique, les verres qui tintaient et les toilettes des filles lui donnaient le sentiment d'assister à une fête extraordinaire. Mais on oubliait le principal :

– Eh ! Y a le prince charmant qui est arrivé !

Kléber, qui buvait, faillit s'étouffer. Il avait la tête tellement prise par ses manœuvres de séduction qu'il en avait oublié son frère. Tout le monde se tut et regarda Simple, qui tenait monsieur Pinpin par sa cravate.

– C'est qui qui fait la princesse ? demanda-t-il.

Emmanuel se précipita vers Kléber et se proposa pour faire une piqûre si on lui procurait le produit. Kléber, la mort dans l'âme, s'approcha de son frère et le prit par la manche.

– Viens, j'ai oublié de te donner du gâteau.

Il se tourna vers l'assemblée, mais plus spécialement vers Zahra :

– C'est mon frère, il est déficient mental.

– I-di-ot.

La scène était tellement étrange que tout le monde restait figé. Ce n'était plus *Cendrillon*, mais *La Belle au bois dormant.*

– Bon, on va pas y passer le réveillon, dit soudain Enzo. Simple est très gentil. Ce soir, c'est le prince charmant. Perso, ça ne me dérange pas.

Enzo servit un grand verre de planteur à Simple et dit tout bas à Kléber :

– Laisse. Je m'en occupe.

Il entraîna Simple dans un coin du salon, mais au passage il intercepta le regard d'Aria. Il y lut de la surprise et pensa : « Tu ne me connais pas, Aria. » Ce qui n'avait rien d'étonnant puisqu'il ne se connaissait pas non plus.

Simple s'assit sur un pouf et, le lapin à ses pieds, siffla d'un coup la jolie boisson.

– C'est excellent, dit-il.

Enzo alla lui chercher une part du gâteau d'anniversaire.

– C'est la tarte aux pommes ? demanda Simple en examinant son assiette.

Enzo regarda la génoise aux fraises et à la chantilly.

– À première vue, non. Mais c'est peut-être une tarte aux pommes qui s'est déguisée.

Simple se mit à rire.

– Toi, tu es drôle.

D'un index timide, il désigna Emmanuel :

– Lui, il est bête.

Enzo s'accroupit devant Simple :

– T'es pas si idiot que ça.

– Je suis ton pote.

Pour fêter ça, ils firent « ding » avec leur verre.

– C'est ess... esquellent, bafouilla Simple, au bout du troisième planteur.

Kléber eut du mal à se remettre de l'irruption de son frère. Il sentait sur lui les regards de curiosité qu'on n'osait pas poser sur Simple. Béatrice fut la première à le questionner :

– Il a toujours été comme ça ?

– C'est de naissance, oui.

– Congénital ?

La question n'était pas anodine, une anomalie congénitale pouvant frapper d'autres personnes dans la lignée.

– Non, accidentel. On a accusé un médicament que ma mère a pris pour empêcher une fausse couche...

Kléber se sentit très mal à l'aise et se tut.

– J'ai une petite sœur qui a aussi un problème, lui souffla Zahra à l'oreille.

Il la remercia d'un signe de tête. Mais ses désirs de séduction avaient pris du plomb dans l'aile. Peu à peu, tout le monde se remit à boire, à danser. Corentin monta le son, il le monta même si bien qu'il fallut plusieurs coups de sonnette au voisin pour se faire entendre.

– Mais ils sont combien, à présent ? tonna monsieur Villededieu en entrant au salon. Je vais me plaindre au syndic !

Kléber s'approcha du vieux colérique.

– C'est l'anniversaire de Corentin. On aurait dû vous prévenir pour le bruit.

Monsieur Villededieu se radoucit.

– Et il fait la fête aussi, l'autre idiot ? Regardez-moi ça. Le petit blond est en train de le soûler.

– Bonsoir, monsieur Villededieu, le salua Aria. Je vous offre un planteur ?

Elle lui tendit un verre. Le regard du vieux voisin se mit à crépiter sous ses gros sourcils.

– Dites donc, vous vous en envoyez combien, comme ça ? lui demanda-t-il, le ton égrillard.

– Oh, facile, cinq ou six dans la soirée, répondit Aria qui parlait du planteur.

– Cinq ou six ? répéta monsieur Villededieu en regardant autour de lui tous ces jeunes hommes en pleine santé.

Corentin baissa les lumières. Kléber, qui avait repris courage au fond d'un verre, alla inviter Zahra. Dans la pénombre, il caressa l'épaule nue de sa danseuse. Puis il s'exhorta à y poser les lèvres. « À cinq. Un, deux, trois, quatre… »

– Chut, le calma Zahra.

« Je flirte, je flirte ! » pensa Kléber, fou de joie. Béatrice les observait, dédaigneuse. Kléber n'était qu'un gamin. Elle avait repéré Enzo et s'en approcha.

– Tu sers de garde-fou ? lui dit-elle en désignant Simple.

Enzo ne broncha pas.

– Qu'est-ce qu'il a près de lui ? Un lapin ?

Elle l'attrapa par le bout d'une oreille.

– Il aurait besoin d'être lavé. Quelle loque !

Elle le laissa retomber.

– Tu ne voudrais pas faire ta danse du ventre ailleurs ? lui suggéra Enzo.

Cette allusion peu gracieuse à son piercing au nombril fit tourner les talons à Béatrice.

– Elle est pas belle, la dame, dit Simple.

Il attrapa monsieur Pinpin et voulut se lever. Il vacilla.

– Pourquoi je tombe ?

Enzo l'aida à se remettre sur pied.

– C'est rien, tu es un peu schlass.

Il le conduisit à sa chambre et lui-même alla rejoindre la sienne. Il prit son grand cahier à petits carreaux et se mit à écrire.

De son côté, Simple vida sa trousse d'écolier à la recherche d'une paire de ciseaux.

– Je veux plus avoir des loques, dit monsieur Pinpin. Tu vas les couper.

Monsieur Pinpin, qui était de tempérament susceptible, avait très mal supporté les réflexions de Béatrice. Il voulait se couper les oreilles. Simple, qui était ivre, trouvait le souhait de monsieur Pinpin parfaitement légitime.

– On les coupe un bout ou on les coupe tout ? demanda-t-il.

– Tout.

Simple coinça monsieur Pinpin entre ses genoux. Comme il avait tendance à lui voir quatre oreilles au lieu de deux, il cligna des yeux plusieurs fois. Puis il commença à cisailler sa peluche.

– Ça fait mal ?

– Ça chatouille.

Rassuré, Simple coupa net une oreille.

– Ça saigne ? demanda monsieur Pinpin.

– Non.

– Faut mettre du sang.

Simple déboucha un feutre rouge, s'en mit sur les doigts et un peu sur monsieur Pinpin à l'endroit de la coupure.

– Qu'est-ce que tu fais ?

Kléber, pris de remords, était venu voir ce que devenait son frère. Il se tenait devant lui, éberlué.

– C'est monsieur Pinpin, dit Simple. Il veut plus des loques.

– Ton lapin ! Mais c'est horrible !

Kléber prit la peluche des mains ensanglantées de Simple.

– Où est l'oreille ?

Il la ramassa.

– Mais c'est horrible…

Simple éclata en sanglots.

– Je veux pas qu'il a son oreille coupée !

Il comprenait enfin ce qu'il avait fait.

– Qu'est-ce qui se passe ?

Kléber se tourna vers la porte. Il tenait monsieur Pinpin d'une main et l'oreille de l'autre.

– Oh, Aria, regarde ce qu'il a fait !

La jeune fille s'approcha.

– Pauvre monsieur Pinpin…

– C'est moi ! beugla Simple. Je suis méchant !

Aria se pencha vers lui :

– Calme-toi, je vais le recoudre.

Elle se redressa :

– Il a bu. Enzo l'a fait boire. Je vais chercher ma trousse de couture.

Kléber allongea monsieur Pinpin sur l'oreiller et attendit nerveusement le retour d'Aria.

– Ça va aller, les gars ! dit-elle, en voyant leur tête d'enterrement. Je suis étudiante en médecine. Recoudre des oreilles, ça me connaît.

– Tu vas faire l'opération ? demanda Simple.

Son chagrin s'était déjà envolé. Plein d'intérêt, il regarda Aria chercher la bonne couleur pour le fil, préparer l'aiguillée et piquer dans la peluche. Il fit « aïe » tout bas.

– Il n'a pas mal, le rassura Aria. Je l'ai anesthésié.

Elle termina la couture puis agita les oreilles de monsieur Pinpin en faisant « coucou ». Simple battit des mains. Aria se tourna vers Kléber.

– Je vais rester. Le temps qu'il dégrise.

Le jeune homme protesta. C'était plutôt à lui de veiller sur son frère.

– Non, c'est Aria. Elle est plus gentille que toi.

Kléber rejoignit donc les autres, laissant Simple aux bons soins d'Aria.

– Comment tu te sens ? lui demanda-t-elle. Tu as la tête qui tourne ?

La question fit rire Simple, qui ne voyait pas comment sa tête pouvait tourner. Aria était assise sur le lit, tout près de lui. C'était la première fois qu'elle le regardait pour lui-même, et non comme le frère de Kléber. C'était un jeune homme frêle, avec des cheveux désordonnés et des yeux comme des lanternes magiques où passent des princes et des pirates, des licornes et des farfadets.

– Simple, dit-elle.

– C'est mon nom, ça.

Elle lui caressa la joue. Il avait la peau d'un enfant. Il écarquilla un peu plus les yeux, étonné par ce geste de tendresse. Sa maman était morte depuis si longtemps.

– Tu veux que je t'embrasse ? lui demanda Aria.

À tout hasard, il ferma les yeux. Et elle l'embrassa. Il empestait le rhum.

– Tu embrasses monsieur Pinpin aussi ?

Il colla le museau de sa peluche sur les lèvres d'Aria.

– Il est content, dit-il. Il a un peu de sang…

Simple regarda la petite tache rouge du feutre au ras de l'oreille, l'air contrarié.

– Mais il est content.

– Pour le bisou ?

Monsieur Pinpin agita les oreilles avec enthousiasme.

CHAPITRE 6
Où monsieur Pinpin fait l'amour et la guerre

Monsieur Pinpin s'éveilla avec l'impression d'avoir mis un casque sous ses oreilles. Simple se frotta les tempes.

– T'as mal ?

– J'ai la tête qui tourne, se plaignit monsieur Pinpin.

Les autres colocs ne devaient pas être en meilleur état car rien ne bougeait dans la maison à dix heures passées. Simple y vit au moins deux avantages. Il n'y aurait pas de messe, ce dimanche, et il allait pouvoir explorer les restes de la fête en toute tranquillité.

Le salon était dévasté. Des verres avaient été oubliés un peu partout, le sol était jonché de débris de chips et de génoise.

– Un feu ! s'exclama Simple.

Près d'un cendrier plein, Corentin avait laissé son nouveau briquet.

– C'est pour ta collection, dit monsieur Pinpin tandis que Simple s'en emparait.

Les lapins ne sont jamais à court de vilaines idées.

– Y a six garettes, dit-il, l'air de rien.

Il y en avait même beaucoup plus, dont certaines seulement à demi consumées.

– Moi, je sais fumer, se vanta Simple.

Il prit un des mégots entre le pouce et l'index d'un geste délicat et le porta à ses lèvres, en modelant sa bouche en cul de poule. Puis il souffla vers le plafond une fumée imaginaire, imitant Béatrice à la perfection. Dans un registre plus viril, il coinça un autre mégot entre l'index et le majeur et le téta à la façon de Corentin, qui s'encrassait les poumons bien à fond.

– Pas mal, admit monsieur Pinpin. Tu l'allumes, maintenant ?

Simple parut moins à l'aise dans le maniement du briquet et, quand la flamme finit par jaillir, il le lâcha. Encouragé par monsieur Pinpin, il réussit au troisième essai à allumer sa cigarette. Il aspira puis expectora en toussant. Des larmes lui brouillèrent les yeux.

– C'est bien ? demanda monsieur Pinpin.

– Excellent, dit Simple en toussant.

Il fuma ainsi trois mégots, puis se sentit tout bizarre, la gorge très sèche et le cœur palpitant.

– Tu es tout blanc, nota monsieur Pinpin avec intérêt. Et un peu vert aussi.

Simple porta les mains à son ventre puis à sa gorge, balbutia « Kléber », et vomit, plié en deux.

– Au secours, au secours ! appela monsieur Pinpin en bondissant sur place, ce qui n'était pas réellement efficace.

Quand ce fut fini, Simple resta un moment étourdi.

– C'est berk, berk, dit monsieur Pinpin, nasillard, car il se bouchait le nez.

Paniqué par cette chose extraordinaire qui venait de lui arriver, Simple partit en courant, ouvrit la porte de son frère à toute volée et sauta sur son lit.

– Kléber ! hurla-t-il. J'ai vomi !

Puis, trouvant que son frère ne réagissait pas assez vite à cette nouvelle d'un formidable intérêt, il le secoua brutalement :

– J'ai vomi !

Ahuri, Kléber se redressa, cherchant ses lunettes sur la table de chevet.

– Hein ? Où ?

– À la fête. J'ai vomi plein !

Kléber rejeta ses draps et se leva, titubant.

– T'es à poil, dit Simple, critique.

On ne montrait pas son couteau comme ça. Kléber attrapa un caleçon puis fila au salon.

– Oh non, gémit-il.

C'était là, au milieu de la moquette.

– Ça pue, remarqua Simple en toute objectivité.

Kléber dut nettoyer, aérer, nettoyer encore. Et il pestait contre son frère qui se refusait à l'aider :

– Mais tu es odieux ! Odieux ! Je vais te perdre dans un bois, j'en peux plus de toi !

Simple se bouchait les oreilles mais il entendait quand même, et de terribles images lui passaient par la tête. Ce n'était plus *La Belle au bois dormant*, c'était *Blanche-Neige*.

Les colocs se levèrent tous du pied gauche. Emmanuel déclara que le cas de Simple relevait de l'hospitalisation en psychiatrie. Kléber explosa :

– On l'a déjà mis dans une institution spécialisée, figure-toi. Mon père s'en est débarrassé pour se remarier. Simple était déficient mental, mais à Malicroix ils l'ont rendu fou. Il ne réagissait plus à rien. Alors, je l'ai retiré de là. J'ai dit à mon père que je me chargeais de Simple. Jamais je ne le remettrai à Malicroix, jamais. Si vous ne voulez plus de lui, vous ne voulez plus de moi. Eh bien, tant pis. Continuez votre petite vie d'étudiants entretenus par papa-maman. Et soyez heureux.

Il quitta la cuisine où les colocs s'étaient assemblés et alla dans sa chambre faire sa valise. Simple le rejoignit et le regarda faire, tassé dans l'angle d'un mur.

– Tu vas me perdre dans le bois ? dit-il tout bas.

– On va se perdre tous les deux.

Cette nouvelle tranquillisa Simple et il voulut à son tour rassurer son cadet.

– J'ai mon vérolair, moi.

On frappa à la porte. C'était Enzo.

– Qu'est-ce que tu fais ?

– Ça se voit. Mes paquets.

Enzo restait là, planté. Puis il se décida :

– J'ai négocié. Emmanuel était un peu buté. Mais finalement ils sont d'accord pour que tu… que vous restiez.

Kléber reposa les bouquins qu'il avait dans les mains.

– Tu es sympa. Mais ça ne sert à rien. Ils péteront un boulon, demain ou après-demain.

– Non, je ne crois pas. Je leur ai collé la honte. Tu avais fait le plus gros du boulot, j'en ai juste remis une couche. « Égoïstes, petits-bourges… » Je les ai même traités d'adultes, t'imagines !

Kléber était ému. Il sentait bien l'effort que les autres faisaient pour lui et pour lui seul.

– De toute façon, c'était ma faute, ajouta Enzo. J'aurais pas dû faire boire ton frère. Je l'ai rendu malade.

Kléber hésitait encore. Avait-il le droit de peser sur les colocs sans leur offrir de contrepartie ?

– Je vais te dire un truc, Kléber. Je suis content que vous soyez là.

Enzo désigna Simple, toujours tassé dans son coin avec monsieur Pinpin :

– C'est le type le plus intelligent que je connaisse.

– On montre pas les gens, le gronda Simple.

Enzo s'avança vers lui, les mains sur les hanches, et mimant la colère :

– Alors, toi, tu ferais bien de la mettre en veilleuse ! On ne s'avise pas de donner des leçons aux autres quand on fait connerie sur connerie. Et ne dis pas : « Oh, oh, vilain mot ! »

– D'abord, mon frère, il va te perdre dans un bois ! rétorqua Simple, rageur.

Enzo poussa un soupir et se tourna vers Kléber :

– Il est chiant, tout de même.

– Oh, oh, vilain mot, dit Simple tout bas.

Le midi, Simple refusa de manger et resta dans sa chambre. Monsieur Pinpin n'allait pas bien. Il faisait « ouille, ouille », en se tenant le ventre, puis il avait des hoquets et des soubresauts.

– Tu vomis ?

– Non, je gergobille.

Monsieur Pinpin ne voulait rien faire comme le commun des humains.

– J'ai chaud de la fièvre, dit-il. Il faut le docteur.

Simple resta un bon moment à réfléchir. Pour faire venir un docteur, on devait dire : « Allô, docteur, monsieur Pinpin est malade. »

– J'ai pas de téphélone, dit Simple.

Soudain, il se frappa le front du plat de la main. Aria ! Aria était docteur.

Simple alla au salon où Aria repassait une chemise pour Emmanuel. Elle le regarda venir, incertaine. Elle regrettait son geste de la veille.

– Y a monsieur Pinpin, il est malade, dit-il.

Aria fit seulement : « Hm… » Elle n'avait pas l'intention d'entrer dans le jeu.

– Tu peux lui donner un dicament ?

– Écoute, je n'ai pas envie…

Aria fronça les sourcils, posa le fer à repasser et porta la main au front de Simple. Il était brûlant. Ses yeux brillaient de fièvre.

– Tu as au moins 39, toi.

Elle palpa les ganglions le long du cou, lui fit ouvrir la bouche, dire « Aaa » et lui demanda s'il avait mal au ventre.

– Oui.

– Et à la tête ?

– Oui.

– À la gorge ?

– Oui.

Elle regarda attentivement Simple.

– Et aux chaussures ?

– Oui.

Elle lui donna une tape sur la joue, entre fâcherie et amusement.

– Viens. Je vais te donner un antipyrétique.

– Monsieur Pinpin, il en veut pas du petit rétic.

Aria attrapa Simple par les épaules :

– Tu sais quoi ? Tu nous soûles avec ton Pinpin.

– Monsieur Pinpin.

– Tu sais bien que c'est une peluche, non ?

Simple cilla sans répondre.

– C'est un vrai lapin ? Tu réponds ?

Simple tenait sa vengeance toute prête :

– C'est pas beau quand on a pas de queue.

Kléber fut prévenu de ce que son frère avait sans doute une gastro. Aria joua au docteur et fournit les médicaments. Simple recracha l'aspirine et la fièvre continua de monter. En fin d'après-midi, il délirait. Kléber veilla sur lui, tout en remplissant des fiches administratives pour le lycée.

– On est dans la forêt, dit monsieur Pinpin. Kléber, c'est un salaud.

– Oh, oh…

– Oui, mais c'est un salaud. Il nous a perdus dans le bois. On va être morts. Y a la sorcière.

– Kléber ! appela Simple, paniqué.

Le jeune homme posa ses papiers et s'approcha de son frère.

– Qu'est-ce que tu as ?

– C'est la sorcière ! cria monsieur Pinpin. Va-t'en, vilaine sorcière, va-t'en !

– Va-t'en ! cria Simple à l'unisson.

– Qu'est-ce que tu tiens comme fièvre, marmonna Kléber.

Il mit une nouvelle aspirine à fondre dans un verre. Mais monsieur Pinpin veillait au grain.

– Attention, la sorcière, elle veut te donner la pomme poisonnée.

– Tiens, dit Kléber en tendant le verre. Cette fois, tu la prends.

– Non, c'est du poison !

Simple donna un grand coup dans le bras de Kléber et fit voler le verre à travers la pièce.

– T'es une sorcière ! Je vais te tuer, moi.

La fièvre allumait des feux dans les yeux clairs de Simple.

– Ça va pas mieux ?

Aria venait d'entrer.

– Il a des hallus, balbutia Kléber. Il me prend pour une sorcière.

– C'est peut-être sa manière d'évacuer ses angoisses, dit Aria qui était en train de potasser Freud.

– J'entends la voix de la princesse, dit monsieur Pinpin. On va être sauvés. Tu l'appelles ?

– Aria ? appela Simple.

– Tu vois, il ne va pas si mal, dit Aria. Il m'a reconnue.

Elle se pencha vers Simple, qui ferma les yeux.

– Ça va ? Simple, tu m'entends ?

Il rouvrit les yeux :

– Mais je suis le prince ! Tu m'embrasses ?

Au même moment, une voix appela dans le couloir :

– Aria, tu es là ?

C'était Emmanuel.

– Je veux que la princesse embrasse le prince, exigea Simple.

Aria était prise entre deux feux. Elle chuchota à Kléber :

– Ferme la porte, vite !

Kléber s'exécuta puis revint vers Aria.

– Je… j'ai fait une bêtise avec ton frère, lui avoua-t-elle. Tu gardes ça pour toi ?

Kléber haussa un sourcil tandis qu'un sourire faisait pétiller ses yeux.

– Une bêtise ?

– Non… quand même pas ça. Je l'ai embrassé, hier.

Simple s'assit dans son lit et cria à tue-tête :

– Je veux un autre bisou !

– Mais ta gueule ! dit Kléber.

On frappa à la porte de la chambre.

– Un autre bi…

Aria fit taire Simple en l'embrassant. Emmanuel passa la tête par l'entrebâillement de la porte :

– Excuse-moi, Kléber, je cherche… Ah, tu es là !

– Oui, oui, dit Aria en se précipitant vers la sortie, je venais voir si la fièvre était tombée.

Elle entraîna Emmanuel dans le couloir. Sur le lit, monsieur Pinpin sautait de joie :

– Tu es guéri, tu es guéri ! La princesse t'a embrassé !

Le lendemain matin, Kléber eut du mal à se lever et se traîna au lycée. Simple allait bien et monsieur Pinpin encore mieux. Tous deux allèrent à la cuisine et y trouvèrent Corentin en train de chercher son briquet.

– C'est pas vrai, maugréa-t-il. Qu'est-ce que j'en ai fait ?

De guerre lasse, il prit les allumettes.

– Tu fumes des garettes, toi, lui dit Simple d'un ton d'admiration. Tu vomis pas ?

– Non, répondit Corentin, un peu surpris.

– Moi, je vomis, moi.

– C'est parce que tu manques d'habitude. Remarque, ce n'est pas une bonne habitude. C'est dangereux, la cigarette.

Il s'aperçut que Simple l'écoutait attentivement et il se fit pédagogue.

– Ça donne des maladies graves comme le cancer du poumon.

– Des maladies qu'on meurt ?

– Oui. J'avais un oncle qui fumait deux paquets par jour et…

Corentin se tut, prenant conscience de quelque chose d'assez désagréable. Il fumait deux paquets par jour.

– Et quoi ?

– Et il a eu un cancer des poumons. Il n'était pas beau à voir, à la fin.

– À la fin de la mort ?

Corentin marmonna « Mouais », et écrasa sa cigarette d'un geste appuyé.

– Toute crabouillée, se réjouit Simple.

Puis il retourna dans sa chambre avec des sablés, laissant Corentin méditer sur l'efficacité des patchs à la nicotine.

Simple s'installa sur son lit et regarda pour la vingtième fois *Mon petit lapin est amoureux*. Les fois précédentes, monsieur Pinpin s'était précipité sur la fille lapin pour lui faire des bisous. Ce matin-là, il boudait devant l'album.

– Tu fais pas l'amour ? s'étonna Simple.

– C'est un dessin. Je veux une vraie madame Pinpin.

Simple ne trouva rien à répondre.

– Madame Pinpin, insista monsieur Pinpin, tu sais où elle est ?

Simple réfléchit longtemps, assis en tailleur sur son lit et se balançant d'avant en arrière. Soudain, il se tapa le front avec la main.

– Le mazaguin !

Le lundi soir, après les cours, Kléber projeta d'aller faire quelques courses de papeterie. Il passa à la coloc pour emmener Simple, qui aimait la galerie commerciale.

– Alors, comment ça va, le séducteur ?

– C'est pas moi, c'est monsieur Pinpin, dit Simple à tout hasard.

– C'est ça, oui.

Kléber se mit à rire. Il adorait les histoires de drague et d'embrouilles. Il avait hâte d'en vivre, lui aussi.

Quand ils arrivèrent au supermarché, Simple fit une halte devant le vigile.

– C'est pas la guerre, ici, lui dit-il.

Kléber se dépêcha de tirer son frère par la manche.

– Ne parle pas aux gens que tu ne connais pas.

– Je le connais. C'est le mirlitaire.

Simple ralentit le pas. On arrivait au rayon intéressant.

– Je te préviens, je n'achète rien, dit Kléber.

– Gnegnegningnin.

– Quoi ?

Simple se mit sur la pointe des pieds et souffla à l'oreille de son frère :

– Je veux une madame Pinpin.

Kléber fut catégorique :

– Je n'ai plus de sous.

– T'as qu'à en acheter.

– C'est non. Je vais au rayon des cahiers.

– Juste je regarde les jouets.

Kléber lui fit des yeux noirs puis haussa les épaules et le laissa. Dès qu'il fut seul, Simple parcourut le rayon de jouets. Les Tuniques bleues le tentèrent. Mais il se fit non de la tête. Il était là pour trouver une madame Pinpin. Il vit un singe, un Mickey, un boa, il fit tomber une petite vache et lui dit pardon. Il commença à jouer avec un grand nounours et un petit nounours.

– Ça serait le papa nounours et le bébé nounours, il serait idiot…

Puis il se fit encore non de la tête et continua ses recherches. À côté des peluches, était exposée une nouvelle gamme de produits : des animaux en tissu dans des habits rétros. Simple s'immobilisa et sourit. Il y avait bien une madame Pinpin avec un bonnet percé de deux trous pour les oreilles et un mignon tablier sur une robe à carreaux. Simple savait que Kléber ne voudrait pas l'acheter. Il la mit sous son blouson, en lui rentrant bien les pieds et les oreilles. Il lui dit tout bas :

– Tu bouges pas.

Puis il croisa les bras et attendit le retour de son frère en prenant un tel air d'innocence que Kléber lui jeta un regard de soupçon.

– Viens, on va passer à la caisse rapide.

Simple fut déçu par la caisse rapide. Il avait espéré autre chose que cette dame assise derrière sa machine. Quand il passa devant elle, il déclencha une sonnerie d'alarme stridente et porta les mains à ses oreilles. Il écarta les pans de son blouson et madame Pinpin tomba à ses pieds.

– Qu'est-ce que c'est ? balbutia Kléber.

Le vigile s'approcha en roulant des épaules.

– Mais c'est volé ! Il l'a volé !

– T'approches pas le mirlitaire ! hurla Simple. J'ai un vérolair !

– Vous allez venir vous expliquer ! hurla aussi le vigile.

– C'est un débile mental ! hurla plus fort Kléber.

Simple dégaina :

– Je fais la guerre, moi !

– Une arme ! Au secours ! hurla la caissière rapide.

– C'est une fausse ! hurla encore Kléber.

La panique commençait à gagner les clients quand un vieil homme, écartant tout le monde avec sa canne, intervint d'une voix de tonnerre :

– Arrêtez tout ce cirque ! Je les connais. Celui-là avec son lapin, c'est un crétin. L'autre, à lunettes, c'est un bon petit gars. Il bloque le vide-ordures, mais il va à la messe. Range ça, toi…

Ceci à l'adresse de Simple qui rengaina son revolver.

– C'est monsieur Dieu, dit-il avec un grand sourire.

– Je vais… payer la peluche, balbutia Kléber.

La honte lui coupait le souffle. Il se sauva en tirant son frère par la manche.

– Tu vois, tu en as des sous, lui fit remarquer Simple.

– Je te préviens, répondit Kléber en refoulant ses larmes. Monsieur Pinpin a sa madame Pinpin, bien. Mais ils n'auront pas d'enfants !

Quand il arriva à l'appartement, Simple voulut faire une surprise à monsieur Pinpin. Il passa la tête de la lapine par la porte de la chambre :

– Coucou !

Monsieur Pinpin se redressa sur l'oreiller.

– C'est quoi ?

Simple referma soigneusement la porte derrière lui.

– C'est madame Pinpin.

– Ça ? C'est une peluche.

Simple regarda la lapine en tissu, l'air étonné, puis il lui fit faire une cabriole dans les airs. Elle retomba à l'autre bout de la pièce. Monsieur Pinpin se mit à rire et Simple aussi. Quelle idiote, cette peluche !

Le lendemain matin, Corentin se leva d'une humeur de chien. Il avait décidé d'arrêter de fumer. Il ouvrit le frigo et en sortit tous les restes de pâté, de saucisson et de fromage. Il s'assit, jetant à peine un regard à Simple qui trempait des sablés dans du jus d'orange. Il se coupa des tranches de pain et de saucisson, beurra des tartines, aplatit du fromage, se versa un grand bol de café, but, mangea, prenant à peine le temps de respirer et plus du tout celui de mâcher.

– Gronf, gronf, fit Simple en face de lui.

Corentin releva la tête et demanda, la bouche pleine :

– Quoi, gronf, gronf ?

– C'est le cochon. Il fait gronf, gronf.

On n'avait jamais dit aussi clairement à Corentin qu'il bâfrait comme un porc. Lentement, il repoussa son assiette.

– Il faut vraiment que tu te mêles de tout, dit-il, agacé.

Il avait encore pris deux kilos récemment.

CHAPITRE 7
Où monsieur Pinpin échappe de justesse aux requins

L'été s'attardait en ce mois de septembre et Béatrice avait souvent chaud à la sortie des cours. Ses bras nus haut levés, elle entortillait ses cheveux dans un chouchou pour dégager sa nuque et Kléber souriait au spectacle, d'un sourire qui lui faisait les yeux doux.

Ce jour-là, Zahra passa près de lui et lui jeta un regard de mépris. Il en sursauta :

– Tu… viens avec nous ?

Le regard de Zahra glissa de Kléber à Béatrice :

– Non, merci.

Elle s'éloigna, serrant fort son sac à dos contre son cœur.

– Celle-là, elle snobe tout le monde, commenta Béatrice. Tu as le temps de faire un tour ?

Kléber était toujours pressé.

– Tu as peur que ton frère mette le feu ?

Kléber n'aimait pas la façon dont Béatrice parlait de Simple.

– On peut aller vers les quais ? proposa-t-il. Parler un peu…

La conversation de Béatrice porta sur les garçons et les filles de la classe. Les garçons étaient de gros débiles et les filles faisaient pitié. Kléber laissait dire, tout en se demandant s'il devait ou non prendre Béatrice par la main. Quand elle s'arrêta sur le quai pour regarder les bateaux, il envisagea de lui passer le bras autour de la taille. Mais le sac à dos gênait la manœuvre.

– T'es pas de mon avis ? lui demanda-t-elle.

– Si, si, fit Kléber qui n'avait rien écouté. On descend ?

Il espérait trouver l'inspiration au bord de l'eau. Des amoureux s'embrassaient sur un banc.

– On s'assoit ?

Ils posèrent leurs sacs à dos à leurs pieds. « Un problème de réglé », songea Kléber.

– Qu'est-ce que tu penses de Zahra ? lui demanda-t-elle.

– Elle est sympa.

– Tu trouves tout le monde sympa ! Tu as pas vu les yeux de poisson mort d'amour qu'elle te fait ?

Kléber resta aussi muet que le poisson en question.

– Elle dit que son père est sévère. Tu m'étonnes ! Si elle a le feu au cul, il a intérêt à la surveiller.

Kléber eut soudain envie d'aller retrouver monsieur Pinpin.

– Tu aimes les chaudes, toi ? insinua Béatrice.

Kléber sentit qu'elle s'appesantissait sur lui, la cuisse, le bras, l'épaule. Ce n'était pas lui qui dirigeait les opérations.

– En fait, ce que je n'aime pas chez les garçons, c'est qu'ils ne pensent à nous que de cette façon. Tes fesses, tes seins. On a l'impression de n'exister qu'en pièces détachées. Tu vois ce que je veux dire ?

Kléber essaya de protester que non, pas tous les garçons, enfin, il y a des obsédés, c'est sûr, mais on peut être romantique aussi. Il exhala un soupir à la fin de sa tirade.

– Bon, je dois rentrer maintenant. Mon frère va être inquiet.

Il attrapa son sac à dos et se détacha de Béatrice, la cuisse, le bras, l'épaule. Tous deux se levèrent. « Il faut que je l'embrasse », songea Kléber. Il y allait de sa dignité d'homme. « Je compte jusqu'à cinq. Un, deux… » À trois, elle l'embrassa. Il ne put faire moins que de la serrer contre lui.

– Tu vois, tu es comme les autres, dit-elle en le repoussant.

Quand Kléber la quitta sur le pont, son sexe lui faisait mal comme un couteau planté.

– Simple ! cria-t-il en entrant dans la chambre.

Son frère, assis sur la moquette, releva la tête.

– C'est qui qui t'attaque ?

Kléber avait couru.

– C'est le mirlitaire ?

Simple bondit sur ses pieds :

– J'ai mon couteau, moi.

– C'est bon, moi aussi.

Kléber s'effondra dans le fauteuil.

– J'ai tout ce qu'il faut… Enfin, je crois.

Il se plongea le visage dans les mains.

– T'es mort ? dit doucement Simple.

Pas de réponse.

– Coucou…

Kléber sentit les oreilles du lapin qui lui chatouillaient les mains.

– T'es là, Pinpin, dit-il, attendri.

Il caressa le lapin.

– Monsieur Pinpin, rectifia Simple.

Kléber dévisagea son frère. Il avait très envie de se confier à quelqu'un.

– Tu sais, j'ai embrassé une fille. Tu l'as vue à la fête, c'est Béatrice.

– Elle est méchante.

Kléber fut surpris par la vivacité de la réplique.

– Non, c'est pas ça. Elle est assez…

Kléber chercha le mot. Autoritaire ? Agressive ? Castratrice ? À quoi bon employer un tel vocabulaire avec Simple ?

– Elle veut commander. Moi, je ne sais plus ce que je dois faire. Je ne peux plus être… un homme.

Il se sentit ridicule de prononcer une telle phrase et ricana. Puis il laissa aller sa tête contre le dossier du fauteuil et ferma les yeux. Simple le regarda un long moment avant de se dire tout bas :

– Il dort.

Il s'écarta de son frère et, assis sur la moquette, se mit à jouer avec monsieur Pinpin. Il attrapa par sa jupe la lapine en tissu.

– Elle, c'est Pipine, dit-il. Elle va voir monsieur Pinpin. Toc, toc, toc. Entrez.

Simple se mit à faire deux voix, l'une grave et enfantine, l'autre aiguë et prétentieuse.

– Bonjour, Pinpin.

– Monsieur Pinpin.

– Oui, mais moi, je dis Pinpin pasque moi, je commande.

– T'es pas belle, d'abord. T'as pas de queue.

– Si, j'ai une queue. Elle est sous la jupe, tu peux pas la voir. Elle est plus grosse que ta tienne.

– C'est pas vrai.

– Si, c'est vrai.

– Non.

– Si.

– Ils se battent, commenta Simple en faisant se castagner les deux lapins.

Kléber rouvrit les yeux.

– C'est Pipine la plus forte, dit Simple. Elle crabouille monsieur Pinpin.

La lapine était sur le lapin, lui piétinant la tête. Kléber se sentit très abattu.

– Oh, oh, dit monsieur Pinpin. Moi, je vois sous la jupe. Je vois pas de queue.

Pipine poussa un cri affreux et se mit à battre monsieur Pinpin à coups d'oreille.

– Mais tu nous embêtes ! cria soudain Simple. D'abord, t'es qu'une peluche.

Il prit la lapine et la jeta de toutes ses forces contre le mur. Kléber éclata de rire. Simple se tourna brusquement vers lui :

– T'es plus triste, alors ?

À la coloc de la rue du Cardinal-Lemoine, un autre garçon se posait quelques questions. Enzo avait beau chercher comment se faire valoir auprès d'Aria, il ne trouvait pas. Emmanuel était plus grand que lui, plus séduisant, plus avancé dans les études, d'un meilleur milieu et d'un caractère plus trempé. « Qu'est-ce qui me reste ? Je suis plus rigolo. »

– C'est pas vrai qu'on tombe les filles en les faisant marrer. Elles veulent toutes qu'on ait le sens de l'humour. Mais quand on leur demande de passer à la casserole, elles préfèrent quand même qu'on ait des gros pectoraux.

– Allons, allons, jeune homme, ne vous laissez pas aller !

Monsieur Villededieu était monté pour se plaindre des colocs qui avaient de nouveau bouché le vide-ordures. Enzo l'avait tout de suite envoyé promener en lui disant qu'il avait d'autres soucis. De fil en aiguille, il en était venu à se confier.

– Comment s'appelle cette jeune fille qui vous résiste ? demanda monsieur Villededieu dans son langage un peu désuet.

– Mais… c'est Aria ! s'exclama Enzo comme s'il supposait que la terre entière était au courant.

– Aria ? Vous parlez de la demoiselle qui vit avec vous ?

Enzo fit un signe d'acquiescement.

– Qu'est-ce qu'il y a ? bougonna-t-il. Pourquoi vous me regardez comme ça ?

– Mais je croyais… Cette jeune personne n'est pas votre bonne amie ?

Enzo haussa les épaules.

– On dit « meuf ». C'est la meuf d'Emmanuel.

Le vieil homme paraissait très étonné.

– Mais je croyais…

Il baissa la voix :

– … que c'était la meuf de tout le monde, ici.

Enzo fut scandalisé.

– Quelle mentalité ! C'était comme ça de votre temps ?

Monsieur Villededieu admit qu'il avait mal interprété.

– Donc, cette jeune personne n'a pas de faiblesses pour un autre garçon ?

Enzo fit une grimace.

– J'ai dans l'idée qu'elle aime bien Simple.

– L'idiot ? Oh, mais alors vous avez toutes vos chances.

– Je vous remercie, monsieur Villededieu.

– Appelez-moi Georges. Je ne le disais pas pour vous vexer. Si votre Aria est capable de s'intéresser à un autre homme, pourquoi vous ne tentez rien ?

– Mais qu'est-ce que vous voulez que je tente ? Elle sait que je suis amoureux d'elle.

– Et alors ?

– Et alors, elle s'en fout.

Monsieur Villededieu donna un coup de canne dans le plancher.

– Montrez-lui que vous êtes un homme ! À la hussarde, mon garçon !

– C'est quoi, ça ? Je la coince contre l'évier de la cuisine ?

Enzo rougit malgré lui, car il y avait déjà songé.

– Il faut s'imposer, martela monsieur Villededieu. Vous lui dites que vous ne supportez pas la vie sans elle, enfin, les bêtises habituelles… et vous l'embrassez et vous…

Il étreignit sa canne. Enzo restait dubitatif.

– Qu'est-ce que vous risquez ? lui demanda le vieil homme.

– Une claque.

– Être frappé par la femme qu'on aime, c'est un souvenir pour les vieux jours.

– Vous avez des arguments frappants, monsieur Villededieu.

– Appelez-moi Georges. Et rappelez-vous : à la hussarde !

– J'y vais carrément, quoi ? fit Enzo, la voix fléchissante.

Au point où il en était, il pouvait essayer.

Enzo avait remarqué que le mardi après-midi, il n'y avait dans la maison que Simple, Aria et lui. Il devait donc agir un mardi après-midi. Il connut l'angoisse tout le mardi matin. Le midi, il ne put rien avaler. À quatorze heures, il se demanda s'il ne préférait pas se défenestrer.

Aria était au salon, assise dans une posture compliquée, une jambe pliée sur le canapé, l'autre battant l'air, le tee-shirt à demi sorti du pantalon. Elle lisait un polycopié en poussant des soupirs impatients. Enzo s'assit à côté d'elle. Il tremblait.

– C'est… c'est un truc à apprendre par cœur ?

Elle lui jeta un regard de côté.

– Dégage.

La colère secoua Enzo.

– Pourquoi tu me parles comme ça ? Parce que je t'aime ?

Il se souvint à temps des recommandations de Georges.

– Je ne peux pas vivre sans toi. Je pense à toi le jour et la nuit. En plus, avec cet enfoiré d'Emmanuel qui me réveille !

Enzo sentit qu'il se fourvoyait, mais il fonça, tête baissée. À la hussarde. Il se jeta sur Aria.

– Je t'aime. Je te veux.

Il ne fut pas tellement surpris de se ramasser une claque. Mais il n'avait pas supposé qu'Aria aurait la main aussi lourde.

– Putain, fit-il, sonné.

– Oh, oh, vilain mot.

D'un même mouvement, Aria et Enzo se tournèrent vers la porte. Monsieur Pinpin venait de passer les deux oreilles. Sa tête parut ensuite.

– Coucou !

Enzo en profita pour se défouler :

– Sors de là, Simple, et arrête d'espionner ! Je me plaindrai à Kléber !

Simple parut dans l'encadrement de la porte :

– Toi, t'attrapes des claques, c'est bien fait.

Aria se releva, tout en se frottant la paume. Elle s'était fait mal.

– Simple, tu ne dois pas parler de ce qui vient de se passer, dit-elle.

– C'est un secret ?

– Un genre de secret.

– Monsieur Pinpin, il a aussi des secrets. C'est des secrets d'amour.

– Tu nous pompes avec ton Pinpin libidineux ! cria Enzo en s'approchant de lui. Pourquoi il faut qu'on se tape un débile à domicile ?

– Enzo, tais-toi ! ordonna Aria en lui donnant un coup de poing dans l'épaule.

Simple écrasa monsieur Pinpin entre ses deux mains jointes :

– Faut pas faire la dispute, supplia-t-il.

Puis il attrapa Aria par le bras et la poussa vers Enzo :

– Tu lui fais un bisou.

Enzo et Aria se regardèrent, Enzo farouche, Aria amusée.

– Un bisou. Après, il a plus mal.

Enzo tourna à demi la tête, présentant à Aria sa joue enflammée. Aria l'embrassa.

– C'est un bon début, jugea monsieur Villededieu.

– Ah ? Vous trouvez ?

Enzo était descendu chez son vieux voisin. Il avait la pommette bleue et enflée.

– Offenser une femme, c'est se donner un droit sur elle.

Enzo interrogea monsieur Villededieu du regard.

– Le droit de se faire pardonner. Offrez-lui des fleurs avec une carte au milieu. « Souffrir par vous est encore trop doux »... les bêtises habituelles.

Enzo fit lentement non de la tête.

– Je le sens pas.

– Des roses rouges. Passion ardente dans le langage des fleurs. Ou blanches. Amour virginal. Encore que, dans votre cas, ça ne s'impose pas.

Enzo acheta onze roses roses. Puis griffonna sur un bristol : « Je te demande pardon. » Il songea : « Si j'étais une fille, ça me déchirerait de voir un mec s'aplatir comme ça. »

Aria sortit poster une lettre. Enzo se glissa jusqu'à sa chambre et posa les fleurs sur l'oreiller. Puis il revint dans sa chambre et attendit, allongé sur son lit.

– Mais t'es con ou quoi ?

Enzo se redressa et se prit le bouquet en pleine figure.

– Tu veux qu'Emmanuel te démolisse ?
– Mais non... Mais Aria...
– Tu recommences ça, je te les fais bouffer.

Monsieur Villededieu ne voulut pas paraître désarçonné.

– Elle vous protège d'Emmanuel. C'est bon signe.

– Georges, je crois que vous ne connaissez rien aux filles de maintenant. Les fleurs ou la manière forte, ça ne marche plus. Elles sont indépendantes, elles choisissent le mec et elles le jettent comme un kleenex quand il ne donne plus satisfaction. C'est devenu très dur d'être un homme. C'est expliqué dans *Marie-Claire*.

Monsieur Villededieu marmonna :

– La guerre des sexes, c'est vieux comme le monde...

Mais il commençait à se voûter sous le poids de ce monde-ci.

– Au fait, vous avez au moins vingt ans d'écart avec votre femme ? remarqua soudain Enzo.

Georges se redressa :

– Vingt-deux.

– Et comment vous l'avez eue ? Avec des fleurs ou à la hussarde ?

– Elle m'a épousé pour mon argent, reconnut Georges modestement.

Ce dimanche matin, Corentin était le premier levé avec Simple. Il ne manifestait jamais beaucoup d'intérêt à l'idiot. Comme d'habitude, il attendait qu'Enzo se lève pour envisager de faire quelque chose. Il regarda machinalement sa montre.

– T'attends Enzo, dit Simple.

Corentin ne fit pas l'effort de lui répondre.

– Toujours t'attends Enzo.

– Hein ? Mais non, pas toujours.

Il jeta un regard courroucé à Simple et répéta :

– Pas toujours.

Une fois de plus, un pan de vérité lui tombait sur la tête. Il attendait toujours Enzo. La veille encore, il lui avait proposé d'aller à la piscine. Il voulait faire du sport pour maigrir. Enzo avait refusé au prétexte que les filles se jetteraient sur lui s'il apparaissait en maillot de bain. Corentin avait donc renoncé à son projet.

– Bonjour ! Bien dormi ?

Kléber venait d'entrer dans la cuisine.

– Ça te dirait d'aller à la piscine, ce matin ? lui proposa Corentin.

– Ouais, je prends la bouée ! s'écria Simple.

Les trois garçons se rendirent à la piscine Pontoise. Kléber ne put convaincre son frère de troquer sa bouée-dauphin contre une ceinture en liège. Simple avait un argument imparable. Les bouchons ne savent pas nager. Les dauphins, si. Dès qu'il fut devant le petit bassin, il y sauta en faisant un énorme « splach ». Puis il poussa des cris aigus parce que l'eau était froide. Kléber jeta un regard à la ronde. Il y avait quelques mamans scandalisées au bord du bassin.

– C'est un débile mental, leur lança-t-il.

Sans attendre les réactions, il alla plonger dans le grand bain. Simple, cramponné à sa bouée, ne tarda pas à le rejoindre. Il était curieusement bâti, sans carrure mais les épaules droites, le ventre creux, les reins maigres. Comme un enfant monté en graine. Sur la dernière marche de l'échelle, il tint à s'informer auprès d'un baigneur :

– Y a pas des requins au milieu ?

Il s'attira un gros rire en guise de réponse.

– Il est fou, celui-là, remarqua Simple à mi-voix.

Puis il songea que les requins n'attaquaient sûrement pas les dauphins, étant plus ou moins de la même famille, et il s'éloigna du bord en quelques brasses clapotantes.

– Ça va ? lui demanda son frère au retour d'une longueur crawlée.

– Ça va. J'ai fait pipi.

– Hein ? Pas dans l'eau, quand même ?

– Ah, si.

Il avait l'air content de lui.

– Sors de l'eau. Dépêche-toi ! le houspilla Kléber. Allez, vite !

– Y a des requins ?

– Oui, sors !

Kléber chercha Corentin des yeux. Il soufflait, accroché au bord.

– Viens, lui dit-il. On s'en va.

– Quoi ? Mais j'ai encore vingt longueurs à faire !

– Viens. Je t'expliquerai.

Les trois garçons se retrouvèrent sur le trottoir. Corentin était furieux.

– Mais on ne peut jamais rien faire normalement !

Kléber marchait à côté de lui, tête baissée.

– Moi, j'y vais plus dans cette sipine, dit Simple. Y a trop de requins.

Chapitre 8
Où monsieur Pinpin offre les roses roses à Zahra

Zahra ne savait pas comment dire à Kléber qu'elle l'aimait. À l'anniversaire de Corentin, elle n'avait songé qu'à calmer ses ardeurs. « Respecte-toi et on te respectera » était une des phrases préférées de papa Larbi. À présent, Zahra se demandait comment faire pour que Kléber la respecte un peu moins. Mais qui pouvait la conseiller ? Zahra était l'aînée de sept filles, la plus jolie, la perle au cou de maman Yasmine. Mais la préférée était Amira, la dernière, qui était née sourde-muette.

– Toutes ces filles, grommelait papa Larbi.

Il les adorait. Mais, depuis quelques jours, il se faisait du souci pour Zahra. Il voyait bien qu'elle riait moins. Papa Larbi avait un précepte. Chagrin de fille, cherchez le garçon.

– Vous vous rappelez que Zahra a dix-sept ans le mois prochain ? dit-il au repas.

– Ça s'oublie pas ! s'écrièrent Djemilah, Leïla, Naïma, Nouria et Malika.

Amira ne dit rien mais fit un beau sourire. Elle lisait sur les lèvres de son papa.

– Bon, écoutez-moi. « La vie d'ici-bas n'est que jouissance d'illusion. »

– Ah non, ça va pas recommencer, protesta Djemilah qui avait quatorze ans et beaucoup d'insolence.

– Mais c'est dans le Coran, dit papa Larbi, déstabilisé. Si tu veux connaître un jour « les jardins où coulent les ruisseaux »…

– Le paradis d'Allah, c'est cool que pour les hommes, l'interrompit encore Djemilah.

Toutes les filles se mirent à rire, sauf Amira qui n'avait pas compris.

– Mais pourquoi ce n'est pas toi qui es muette ? se lamenta papa Larbi. De mon temps, quand mon père parlait, personne ne le coupait. Il disait : « Entendre, c'est obéir. »

– Dans ce cas, je veux bien être sourde, dit Djemilah.

Zahra, qui avait grandi dans l'obéissance, jeta un regard effrayé à sa cadette. Papa Larbi, réduit à l'impuissance, se tourna vers sa femme :

– Mais c'est dans le Coran…

Maman Yasmine leva les mains et les yeux au ciel, mimique qui n'avait pas de signification précise mais lui permettait d'éviter la discussion.

Ce soir-là, Zahra se retrouva dans sa chambre sans avoir pu parler à quiconque. Elle essayait de réviser son cours de chimie, mais devant ses yeux dansaient des images. Béatrice aguichant Kléber, Béatrice remontant ses cheveux, Béatrice s'éloignant avec Kléber.

– Ça ne va pas ?

Zahra tourna lentement ses longs yeux gris vers Djemilah.

– Ça va.

La cadette s'assit impatiemment près d'elle en la poussant un peu.

– Bon, dis-le. Comment il s'appelle ?

– Kléber.

– Drôle de nom. Il est beau, au moins ?

– Trop.

– Tu ne t'es pas regardée ? Tu es une star !

Zahra sourit tristement.

– Il t'aime ?

– Au début, je l'ai cru. Mais il sort avec une autre.

– Elle est belle ?

Djemilah avait une vision simple des rapports humains.

– Elle est rousse avec plein de poils sous les bras. Et elle sent le porc.

Pure fantasmagorie, mais ça faisait du bien.

– Il faut que tu l'entortilles, chuchota Djemilah. C'est pas sorcier d'entortiller les garçons.

Zahra frissonna.

– Viens, viens te regarder.

Djemilah entraîna sa sœur devant le miroir. Elle lui ouvrit son corsage, lui remonta la jupe, posa du khôl sur la paupière inférieure pour illuminer son regard, lui montra comment prendre des airs langoureux, les lèvres entrouvertes et les yeux mourant à petit feu.

– À quoi vous jouez ? demanda Leïla.

Toutes les trois partagaient la même chambre.

– Au harem, répondit Djemilah.

Leïla n'avait que douze ans mais n'était pas particulièrement en retard.

– J'ai un gloss goût fraise, dit-elle en fouillant sa trousse. Ça fait des lèvres mouillées et ça parfume les baisers.

– On t'a déjà embrassée ? s'effraya Zahra.

– Attends ! Ça sert à quoi, la vie ?

Elles furent bientôt trois à nouer leur chemisier au-dessus du nombril, à rêver de piercings et de tatouages, à se faire des tresses et des palmiers.

– J'ai du poil aux pattes, c'est affreux, se désola Djemilah.

Leïla alla chiper le rasoir de papa Larbi et la crème raffermissante pour les seins de maman Yasmine. Ce fut l'occasion d'un certain nombre d'essais comparatifs dont Zahra sortit victorieuse, sans susciter la moindre jalousie. Pour finir, massée, maquillée et demi-nue, Zahra s'étendit sur son lit dans l'attitude de la favorite du sultan.

– Si Kléber te voyait, soupira Djemilah.

Non seulement Kléber ne la vit pas ce soir-là, mais il ne la vit pas non plus le lendemain matin. Il gardait la chambre, son bref passage à la piscine s'étant soldé par une bronchite.

– Monsieur Pinpin aussi il tousse, keuf, keuf, keuf.

Le lapin expectorait, plié en deux, balançant de grands coups d'oreille dans le vide.

– Tu pourrais me laisser tranquille ? supplia Kléber, toussant, mouchant, larmoyant.

Simple tourna un moment dans la chambre, désœuvré et boudeur. Puis il prit monsieur Pinpin dans une main, son sac de Playmobil dans l'autre et mordit dans les oreilles de sa lapine en tissu. C'était sa nouvelle manie. Il promenait Pipine entre ses dents.

– Tu arrêtes avec ça ? le gronda Kléber. Tu l'abîmes.

– Ch'est une peluche.

Il partit s'installer au salon. Au même moment, on sonna à l'interphone. Simple, que les colocs avaient stylé, appuya sur le bouton, puis courut avertir son frère.

– Ch'est Jahra.

– Hein ?

– Ch'est Jahra.

– Mais lâche cette peluche !

Lorsque Kléber comprit que Zahra venait lui apporter les devoirs, il s'affola. Il avait les cheveux gras, le teint jaune et les yeux rouges.

– Il ne faut pas qu'elle me voie, dit-il à Simple. Tu lui demandes de laisser le travail et tu la remercies de ma part.

Zahra fut déçue de ne pas voir Kléber, mais elle aurait été gênée d'entrer dans sa chambre à coucher.

– Il a la grippe ?

Simple fit non de la tête et prit un ton de spécialiste :

– Il a la maladie de la tousse.

Zahra sourit. Elle adorait les enfants et, à tout prendre, Simple était un enfant.

– Tu as le travail pour Kléber ? demanda-t-il.

Zahra sortit ses cahiers.

– C'est avec des lettres ?

Zahra se mit à rire.

– Oui. Avec des chiffres aussi.

Simple hocha la tête, l'air connaisseur.

– 12 ?

Le fou rire gagnait la jeune fille.

– Tu sais compter ?

– Oui. 1, 2, 3, 4, B, 12.

Zahra riait. Elle essayait de se maîtriser par crainte de vexer Simple. Mais plus elle cherchait à se calmer, plus le rire lui explosait les joues. Simple la regardait, intrigué.

– Tu aimes rire, remarqua-t-il.

Zahra s'essuya les yeux, le rire roucoulant encore dans sa gorge. Elle posa la main sur le bras de Simple.

– Merci. Ça m'a fait du bien.

Quand Zahra fut repartie, Simple feuilleta ses cahiers. Ils étaient soigneusement tenus mais Simple les inspecta d'un œil critique.

– C'est pas joli.

– T'as pas des crayons ? insinua monsieur Pinpin.

Simple alla chercher sa trousse et fit diverses imitations d'écriture dans le cahier de physique en choisissant des tonalités chaudes : rouge, jaune et orange. Il décora le cahier d'histoire de frises géométriques dans un dégradé de bleu, du bleu ciel au bleu marine avec une incursion vers le violet et le mauve. Puis il s'entraîna au B dans le cahier de mathématiques, suscitant de nombreux commentaires pinpinesques :

– Il va tomber, celui-là. Oh, oh, il a trois ventres, l'autre.

Au bout d'une demi-heure, exténué, il repoussa le cahier et comprit qu'il venait de faire une grosse bêtise. Comme toujours dans ces cas-là, il prit un air de catastrophe intégrale et cria :

– Kléber !

Il courut à la chambre où son frère avait enfin réussi à s'endormir.

– Kléber ! J'ai fait des grabouillages !

– Hein ? Quoi ?

Kléber souleva une paupière et reçut une pluie de cahiers sur la tête.

– Je suis méchant ! brama Simple.

Kléber, sortant de l'abrutissement, feuilleta les cahiers.

– Tu n'as pas fait ça, quand même ? Si ! Il l'a fait !

Il venait de tomber en arrêt sur une des frises les plus décoratives du cahier d'histoire.

– Tu vas me perdre dans le bois ?

Kléber pensa : « Toi, je vais te remettre à Malicroix. » Il ne supportait plus son frère.

Or, ce soir-là, monsieur Maluri appela son fils. Très absorbé par son remariage avec une jeune Mathilda, il ne prenait pas souvent des nouvelles de ses enfants.

– Ça va ? dit-il. Tu t'en sors avec Simple ?

– C'est dur. Il ne fait que des conneries.

– Ça, je t'avais prévenu.

Il y eut un silence. Kléber espérait un mot d'aide ou de compassion, un conseil, une suggestion.

– Je ne sais pas s'il y a encore de la place à Malicroix, dit enfin monsieur Maluri.

– Non, pas forcément ça, se débattit Kléber. Mais je suis malade, là…

Une quinte de toux vint compléter l'information.

– Si tu pouvais prendre Simple ce week-end…

– Ah ça, non, il n'en est pas question.

Monsieur Maluri se rendit compte de la brutalité de son refus.

– Tu comprends, Mathilda est enceinte. Simple lui fait peur. On ne sait pas pourquoi il est anormal.

– Mais le médicament que maman… dit faiblement Kléber avant de se remettre à tousser.

Monsieur Maluri laissa son fils tousser autant qu'il le voulait sans l'interrompre.

– Alors, je me démerde, c'est ça ? finit par souffler Kléber.

– Je vais prévenir les services sociaux.

Kléber raccrocha, épuisé. Mais comme il était écrit qu'il ne se reposerait pas ce soir-là, Enzo frappa à sa porte. Kléber déversa sur lui tous ses soucis.

– Qu'est-ce que je vais faire avec Zahra ?

– Des roses, dit Enzo.

– Des roses ?

– Offre-lui des roses. J'ai une superbe occasion, des roses roses, état neuf. Et tu mets une carte au milieu : « Je te demande pardon. » J'ai la carte si tu veux.

Quand les colocs furent au courant du dernier ennui de Kléber, ils lui manifestèrent leur solidarité. Corentin trouva du papier pour envelopper le bouquet et Aria suggéra à Simple de dessiner quelque chose pour Zahra.

– Pour te faire pardonner. Tu veux ?

– Je vais dessiner monsieur Pinpin !

Simple fit un lapin irrésistible avec des oreilles incroyablement expressives.

– Mais il est superdoué ! s'extasia Enzo.

On donna à Simple un bloc de papier à dessin. Aria se rappela avoir vu des dessins de schizophrène tout à fait remarquables.

– Il y a des génies idiots, confirma Emmanuel.

Kléber crut au génie de son frère et l'encouragea à dessiner. Simple dessina monsieur Pinpin à la fête, à la messe, à la piscine, au magasin…

– Tu peux peut-être dessiner autre chose qu'un lapin ? lui suggéra son frère au bout du douzième portrait.

Simple fit non de la tête.

– Je sais que faire monsieur Pinpin.

– Évidemment, ça limite un peu, dit Corentin.

Quand Zahra rentra chez elle, après avoir déposé ses cahiers chez Kléber, ses deux sœurs, Leïla et Djemilah, voulurent savoir si elle avait vu son chéri.

– Non, il était dans sa chambre.

– Mais fallait y aller ! s'écria Leïla, tout excitée. Tu l'aurais vu au lit.

– Tu dis n'importe quoi, la gronda Djemilah. On voit que tu n'as que douze ans.

– Oh, ça va, la vieille !

Leïla sortit, furieuse.

– Elle est trop en avance, dit Zahra.

Djemilah cligna de l'œil :

– Elle a raison. Il faudrait que tu entres dans sa chambre. Avec un peu de chance (elle croisa les doigts), il y sera encore demain.

Djemilah était hardie en paroles, mais prudente sur le terrain. Elle accompagnerait sa sœur pour qu'il n'y ait pas de risque. Zahra fit semblant d'être effarouchée, mais pas trop longtemps pour ne pas décourager sa cadette. Restait à arrêter les détails du plan, c'est-à-dire à savoir comment on s'habillerait.

– Je ne peux rien mettre de trop sexy, dit Zahra. Je partirai direct du lycée.

On trouva la parade : un débardeur moulant sous le chemisier. Quant à Djemilah, elle mettrait le foulard. Zahra commença par se récrier. Seule maman Yasmine le portait.

– Mais si, mais si, s'entêta Djemilah. Comme ça, il se tiendra tranquille.

Puis elles convinrent d'un point de rendez-vous pour aller ensemble rue du Cardinal-Lemoine.

Quand elles se retrouvèrent le lendemain, vers dix-sept heures, elles achevèrent leurs préparatifs sous l'auvent d'un magasin fermé. Djemilah, qui portait un imperméable mastic jusqu'aux chevilles, noua le foulard. Zahra, de son côté, défit le chemisier tout en s'abritant sous son blouson et se prit une bonne suée.

– Super quand tu te penches, dit Djemilah. Il va être fou.

– C'est toi qui es folle.

Quand Zahra sonna à l'interphone, Djemilah lui serra le bras pour lui manifester son soutien. Mais elle était elle-même dans un tel état nerveux qu'elle fit crier sa sœur de douleur.

– C'est qui ? fit une voix. Allô, monsieur-madame ? Il fait beau.

– Bonjour, Simple ! Tu m'ouvres ?

Simple courut prévenir son frère :

– Kléber ! Au secours !

Le jeune homme était toujours au lit, moins enrhumé mais un peu fébrile.

– Qu'est-ce qu'il y a encore ?

– C'est Zahra. Elle va gronder à moi.

– Prends le bouquet. Vite ! Tu lui fais des excuses. Et les cahiers, tu les rends. Et pense au dessin !

Simple courut à la porte et, dans son affolement, il flanqua en vrac dans les bras de Zahra les fleurs, les cahiers, le dessin.

– C'est monsieur Pinpin qu'a fait le grabouillage. Et moi, j'ai fait le dessin de monsieur Pinpin pace que Kléber il va me perdre dans le bois si je recommence.

Les deux sœurs l'écoutèrent sans rien comprendre mais le fou rire les gagnait déjà.

– Oh, regarde la tête du lapin ! s'attendrit Djemilah.

– C'est moi je fais ça, se rengorgea Simple. C'est pasque je suis un génie.

Les rires redoublèrent. Mais Djemilah chuchota à sa sœur :

– On va dans la chambre ?

Et les rires cessèrent.

– Est-ce que Kléber est là ? demanda Zahra.

Simple fit oui de la tête.

– Il faut que je lui explique quelque chose pour le travail.

– Tu nous montres sa chambre ? glissa Djemilah.

Zahra, embarrassée par le bouquet, le posa sur la table de la salle à manger. Sa sœur lui murmura :

– Tu n'oublies pas de te pencher ?

Simple conduisit les deux filles au bout du couloir.

Kléber venait d'avoir une quinte de toux qui lui avait donné chaud. Il avait donc repoussé la couette. Simple entra sans crier gare.

– Oh, oh, il est à poil.

Les deux sœurs talonnaient Simple. Kléber les regarda entrer, stupéfait, puis se plia pour attraper la couette et la remonter. Il y eut un échange d'excuses assez embrouillées.

– Je ne veux pas te déranger, bredouilla Zahra, mais c'était pour te prévenir qu'on a un… une…

Elle ne se souvenait plus.

– Un livre, lui souffla Djemilah.

– Un livre à lire pour le cours de philo. Je t'ai noté les références.

Elle s'approcha du lit, se pencha et posa un papier devant Kléber. Mais le garçon ne profita pas du point de vue autant qu'il aurait dû, car Djemilah le glaçait d'effroi.

– C'est ta sœur ? demanda-t-il timidement.

– Oui, dit Djemilah. Mais je suis plus pour les traditions que Zahra. C'est mon choix.

Kléber fit un signe de tête respectueux. Il avait vraiment hâte qu'elles dégagent, toutes les deux.

– Au fait, merci pour les fleurs, mais il ne fallait pas, dit Zahra en essayant une des mines pâmées qu'elle avait mises au point avec sa sœur.

– Oui, je suis désolée pour les gribouillis de mon frère.

– Quels gribouillis ?

Kléber rougit. Ce fut à lui d'avouer le forfait de Simple. Zahra feuilleta son cahier de physique. Elle était assez contrariée. Pendant ce temps, Djemilah, l'air lugubre, ne perdait pas une miette du spectacle. Kléber, fébrile et torse nu, la remuait jusqu'au fond des entrailles.

– Ce n'est pas grave, finit par dire Zahra. Je recopierai. Bon, alors, au revoir.

Kléber s'était remis à tousser. Il fit un signe de main puis enfouit la tête dans l'oreiller, gêné, honteux, mécontent.

Les deux sœurs se retrouvèrent sur le palier. Djemilah était la plus troublée des deux.

– J'espère que tu as eu le temps de voir tout ce que tu voulais, dit-elle.

Zahra lui enfonça son coude dans les côtes. Puis elles firent la course dans l'escalier en riant aux éclats.

CHAPITRE 9
Où monsieur Pinpin fait la connaissance de madame Sossio

Ce mardi, Aria quitta la coloc après le déjeuner. Elle ne souhaitait pas renouveler son tête-à-tête avec Enzo. Le garçon se rendit compte que, sans se donner le mot, tous les autres lui refilaient la garde de l'idiot quand Kléber n'était pas là.

– Simple ?

Il était dans sa chambre, habillé de façon très élégante, avec la cravate.

– Qu'est-ce que tu fabriques ? lui demanda Enzo.

– Rien.

Il était déguisé en papa. Monsieur Pinpin était son fils et Pipine était sa fille. C'était le jeu.

– Je vais faire un tour, dit Enzo. Tu es sage, hein ?

– Je suis monsieur Mutchbinguen.

Enzo lui jeta un regard un peu inquiet et répéta :

– Mutchbinguen ?

Simple confirma d'un signe de tête et ajouta :

– J'ai un fils et j'ai une fille.

– Super. Élève-les bien. Je reviens dans une heure.

Une heure sans surveillance ! Monsieur Pinpin n'en crut pas ses oreilles. Quand la porte d'entrée eut claqué, son cerveau se mit à bouillonner.

– Si on irait partout ?

Ils commencèrent par la chambre de Corentin, où monsieur Mutchbinguen eut la satisfaction de trouver un téléphone portable. Simple l'empocha sans commentaire. Puis il se rendit dans la chambre d'Enzo.

– Le cahier! s'enflamma monsieur Pinpin.

Le grand cahier à petits carreaux était sur le lit.

– Monsieur Mutchbinguen, il est écrivain d'histoires, dit monsieur Pinpin.

Simple approuva d'un signe de tête majestueux et quitta la chambre, le cahier sous le bras. Il hésita devant la chambre d'Aria et Emmanuel.

– Tu crois que les beaud'hommes sont sortis?

Monsieur Pinpin se souvenait très bien des bruits étranges qu'on entendait au petit matin. Mais il avait réponse à tout:

– Les beaud'hommes, ils ont peur de monsieur Mutchbinguen.

Simple entra dans la chambre, l'air très sûr de lui.

– Une tévélision! s'exclama-t-il en apercevant l'ordinateur allumé.

Il s'approcha et vit le clavier.

– C'est l'ordonateur, rectifia-t-il.

Il posa le cahier d'Enzo sur le bureau et s'assit.

– Je vais faire un peu de l'ordonateur.

Emmanuel, qui mettait au propre ses notes de cours, n'avait pas refermé son document et Simple put y faire quelques ajouts en tapotant sur le clavier. Après avoir cliqué sur diverses icônes, il regarda l'écran. Celui-ci semblait se demander ce qui lui arrivait. Simple se souvint de ce qu'il fallait dire dans un cas semblable:

– Putain, ça déconne!

Monsieur Pinpin rit de bon cœur:

– Il dit des vilains mots, monsieur Mutchbinguen.

Simple tendit alors l'oreille en faisant « chut ». Il croyait avoir entendu l'interphone. En effet, une deuxième sonnerie retentit.

– Bonjour, c'est madame Bardoux des services sociaux.

Simple appuya sur le bouton et attendit madame Sossio sur le palier. Elle arriva par l'escalier, la main sur la poitrine, essoufflée.

– J'aime pas… pff… les ascenseurs… pff. Je suis bien chez monsieur Maluri ?

– C'est monsieur Mutchbinguen, se présenta Simple.

– Il y a plusieurs locataires, je crois ?

– C'est les colocs, dit Simple en s'effaçant pour laisser entrer cette dame à l'arrière-train rebondi.

– Vous faisiez du rangement, je vois, dit-elle en désignant le lapin que Simple tenait à la main.

– C'est mon fils.

– Le mien aussi avait ce genre de vieille horreur comme doudou. Mais dites-moi, vous êtes un jeune papa !

– Et j'ai une fille, ajouta Simple, ravi d'avoir trouvé quelqu'un pour jouer.

– Mes compliments… Euh, est-ce que monsieur Maluri est là ?

Le portable se mit à vibrer dans la poche de Simple. Il tressaillit en murmurant :

– Le téphélone.

– Allô, Coco ? fit une voix dans le téléphone. C'est maman.

Simple marqua un temps d'étonnement. Maman était morte. Mais peut-être que, quand on était mort, on devenait un beaud'homme ?

– Allô, tu m'entends, mon lapin ?

– Ouiii ! s'écria Simple en agitant les oreilles de monsieur Pinpin.

– Ça va ?

– Il fait beau.

– Ça te fait une drôle de voix, le portable…

Madame Bardoux s'écarta par souci de discrétion et jeta un coup d'œil au salon.

– Écoute, reprit la maman de Corentin, on pense venir samedi.

Les parents d'Aria et Corentin, monsieur et madame Mouchabœuf, habitaient Paimpol et ne venaient pas souvent voir leurs enfants à Paris. Ceux-ci n'avaient pas jugé indispensable de leur apprendre qu'un des nouveaux colocs était débile mental.

– Est-ce que tu pourras nous coucher au salon, moi et papa ?

Simple avait l'esprit de plus en plus embrouillé. Pourquoi devait-il coucher papa ? Il voulut clarifier la situation en expliquant qu'il était monsieur Mutchbinguen :

– C'est pas Simple…

– Je vois pas ce que ça a de compliqué ! Dis plutôt que ça t'ennuie…

– Oui ! cria Simple qui en avait déjà marre de ce téléphone.

Il l'éteignit et retourna jouer avec madame Sossio au salon. Elle avait compris que monsieur Mutchbinguen s'était un peu énervé au téléphone mais prit l'air de rien.

– Ça va, madame ? dit-il, la voix mondaine. Il fait beau.

– Oui… enfin, assez frais depuis hier. Est-ce que je pourrais parler à monsieur Maluri ?

Simple fit non de la tête.

– Ah ? Il est absent… Est-ce que je peux vous demander de lui transmettre un message ?

Houlà ! Le jeu devenait compliqué. Simple fronça les sourcils.

– On m'a signalé le cas du frère de monsieur Maluri. Un… débile mental.

Elle avait pris un ton douloureux pour ne pas avoir l'air de porter un jugement.

– Un i-di-ot, rectifia Simple.

– Si vous voulez, reprit froidement madame Bardoux.

Ce monsieur Mutchbinguen lui paraissait de plus en plus déplaisant.

– Il semblerait que ce garçon, majeur, soit à la charge de son frère, qui est mineur. Vous devez être au courant de cette situation ?

Comme la dame semblait contrariée, Simple pensa qu'il était temps d'accuser monsieur Pinpin :

– C'est pas moi, c'est…

– Mais je sais bien que vous n'êtes pas responsable, monsieur Mutchbinguen ! J'essaie seulement de voir comment on peut aider monsieur Maluri. À ce propos, j'ai son prénom, Kléber, mais pas celui du frère.

Simple resta sans réaction.

– Vous ne savez pas le prénom de ce jeune homme ? Pourtant, il habite ici !

Simple crut qu'il s'agissait d'une devinette :

– Corentin ?

– Corentin, répéta madame Bardoux pour s'en souvenir. Donc, en résumé : pourriez-vous dire à monsieur Maluri qu'il y aurait la possibilité de placer Corentin à Malicroix, au moins en semaine. Et Corentin pourrait revenir ici, le week-end. Je pense que ce serait la solution, je ne dis pas « idéale », mais la meilleure possible. Dites à monsieur Maluri de prendre contact avec les services sociaux. Je vais vous laisser un numéro de téléphone... Qu'il demande madame Bardoux.

Simple empocha le bout de papier et décida d'arrêter ce jeu sans intérêt.

– Je vais jouer avec mon fils, dit-il en montrant monsieur Pinpin.

– Ah, excusez-moi... Je ne savais pas qu'il vous attendait. Bon, je vais vous laisser.

Simple poussa madame Sossio vers la sortie plus qu'il ne l'escorta. « Il y a vraiment des gens qui vous font sentir que vous les dérangez », songea madame Bardoux, dépitée.

Quand Simple revint jouer dans la chambre, le téléphone vibra de nouveau.

– C'est chiant, fit monsieur Pinpin, déjà stressé par le portable.

– Allô, Corentin ? fit une voix d'homme au téléphone.

– Quoi ? râla Simple.

– Ah non, tu ne me parles pas sur ce ton, dit le père de Corentin. Maman vient de me dire que tu lui as répondu de façon très désagréable. Je te préviens que ça ne se passera pas comme ça. Je peux te couper les vivres, moi !

Par mesure de rétorsion, Simple coupa la communication. Puis, très mécontent de son acquisition, il alla reporter le téléphone dans la chambre de Corentin.

Aria revint à la coloc avant Enzo. Quand elle entra dans sa chambre, elle remarqua tout de suite l'écran bleu de l'ordinateur.

– Ça déconne encore, marmonna-t-elle en faisant glisser la souris sur le tapis.

Son geste brusque fit tomber le grand cahier à petits carreaux. Aria crut le reconnaître en le ramassant. N'était-ce pas ce cahier qu'Enzo traînait partout avec lui dans l'appartement ? Elle l'ouvrit et lut : « Emma était jolie en diable. » Première phrase du roman d'Enzo. Aria fronça les sourcils. Qu'est-ce que ce cahier faisait là ? La réponse était évidente. Profitant de l'absence d'Aria, Enzo était venu le poser sur le bureau. Elle eut d'abord envie d'aller le lui jeter à la figure, comme elle avait fait pour le bouquet. Mais, après tout, elle pouvait très bien le feuilleter et faire semblant de ne pas l'avoir ouvert. Qu'en saurait-il ?

Elle commença le premier chapitre. En dépit des ratures, l'écriture était lisible. Aria comprit vite qu'Emma était son clone. Agaçant. Un garçon l'aimait, un débile léger du nom de Lorenzo. Amusant. Aria se mit à suivre en pensée Emma et Lorenzo. Captivant. Elle s'étendit sur le lit. Chapitres 4, 5, 6… Elle voulait savoir la suite. Hélas, le récit s'arrêtait à un moment passionnant, et décisif pour le malheureux garçon.

Aria enfonça la tête dans l'oreiller. Alors, Enzo écrivait un roman ? Et il avait du talent. Elle eut envie de relire le premier chapitre : « Emma était jolie en diable. » Le temps s'était suspendu à la plume d'Enzo. Aria revint à elle en entendant le pas d'Emmanuel. Vite, elle glissa le cahier sous l'oreiller.

– Déjà au lit ? Je te manquais ? plaisanta le garçon, en entrant.

– Regarde ton ordi. Il a l'air mort.

Emmanuel se précipita sur le clavier et Aria en profita pour glisser le cahier d'Enzo entre son pull et sa peau. Elle allait le lui rendre sans un mot. Mais elle ne trouva pas Enzo au salon et, quand elle frappa à la porte de sa chambre, elle n'obtint aucune réponse. Elle entra, regarda la pagaille de livres et de vêtements sur le lit et y jeta le cahier.

Peu à peu, les colocs revinrent au logis. D'abord Kléber, puis Enzo, puis Corentin, tous trois ignorants de ce qui s'était passé en leur absence.

– Tiens, c'est pour toi, dit Simple en tendant un bout de papier à son frère.

Kléber lut le numéro de téléphone :

– Où tu as trouvé ça ?

– Madame Sossio l'a donné à moi.

– C'est une dame qui est venue à la coloc ?

Simple fit oui de la tête.

– Et qui elle venait voir ?

– Monsieur Mutchbinguen.

Kléber répéta le nom, l'air éberlué.

– Elle a dû se tromper d'étage.

Il se promit d'en parler à la concierge. « Mutchbinguen », ça sonnait allemand ou alsacien.

– J'ai bardu, dit soudain Simple.

– Tu as quoi ?

– J'ai bardu.

Kléber arrondit les yeux :

– Ça veut dire quoi ?

– Ça veut dire : « J'ai faim. » Et toi, tu as bardu ?

Kléber ouvrit la bouche pour répondre, mais n'en fut pas capable. Par moments, Simple le sidérait.

– T'as acheté du bouzigue doré ?

– Du bou… Mais c'est quoi ? Pourquoi tu parles comme ça ?

– C'est une autre langue, expliqua gentiment Simple. Je parle une autre langue. Le bouzigue doré, c'est du pain qui croque.

– Non, non, se débattit Kléber. Parle normalement. Tu es con, c'est suffisant.

– Oh, oh, vilain broquigno.

Kléber ricana. Le mieux, c'était de laisser pisser. Simple finirait par se calmer. Mais au dîner, il demanda à Emmanuel de lui passer le bouzigue doré.

– Le quoi ? fit Emmanuel.

– C'est du pain qui croque, dit Kléber, lugubre.

– Ah bon ? Et tu achètes ça où ? demanda Corentin.

– Dans les bouzigueries, j'imagine.

Chacun parut attendre un complément d'information.

– Simple invente des mots, c'est tout. C'est rien.

– Ah, super ! s'exclama Enzo. Du bouzigue doré !

Aria le regarda à la dérobée. Elle n'arrivait plus à le regarder en face. « Emma était jolie en diable. » La phrase lui trottait dans la tête. Elle avait envie de demander : « À la fin, Emma couche avec Lorenzo ? »

– Je vais aussi parler une autre langue, décida Enzo. Simple, tu me passes la cassouillasse ?

– C'est quoi ? demanda Simple.

– Je croyais que tu parlais une autre langue…

– Oui, mais c'est pas la même de toi.

– La cassouillasse, c'est la salade. Corentin, tu te sers de la cassouillasse et après, tu me la pignotes.

– O.K., dit Corentin, mais pignote-moi le bouzigue doré.

À la fin du repas, Corentin et Enzo pleuraient de rire et Aria pouffait, le poing serré sur ses lèvres closes.

– Bon, ça va un moment, dit Emmanuel. À la longue, c'est chiant.

– Oh, oh, vilain broquigno.

Corentin alla se coucher d'excellente humeur. Ce Simple, tout de même, il fallait le faire breveter. Le portable vibra vers dix heures et demie.

– Corentin, c'est maman. Ne raccroche pas, mon chéri. Si tu as des problèmes, il faut qu'on en parle.

– Quoi ?

– Non, ne t'énerve pas. Il y a peut-être une jeune fille qui vit avec toi à la coloc ? Mais ça ne nous choque pas, tu sais.

Madame Mouchabœuf était prête à tout. Si son fils lui annonçait qu'il se mettait en ménage avec Enzo, elle acceptait. Elle avait déjà pleuré toute la soirée.

– Quelle jeune fille ? s'énerva Corentin.

– Non, non, ne crie pas ! Ça ne fait rien. Tu as ta vie privée, c'est bien normal. Mais ce n'est pas une raison pour nous raccrocher au nez.

Corentin sentit un grand froid l'envahir. Sa mère devenait folle.

– Papa est à la maison ? dit-il lentement.

– Oui, enfin, non... C'est-à-dire, tu peux te confier à moi. Si tu penses que ton père doit être tenu en dehors...

Monsieur Mouchabœuf était juste en face de sa femme et ils se faisaient des signes de connivence. Corentin réfléchissait.

– Qu'est-ce que tu prends comme médicament ? dit-il enfin.

Madame Mouchabœuf jeta un regard de stupeur à son mari.

– Qu'est-ce qu'il y a ? chuchota-t-il.

La maman de Corentin éloigna le récepteur de sa bouche et murmura :

– Il me parle de médicaments.

Monsieur Mouchabœuf n'y tint plus. Il arracha le téléphone des mains de sa femme :

– Tu es malade ?

Soudain, Corentin sentit que le monde qu'il avait connu s'effondrait. Ses parents étaient-ils vraiment ses parents ? Depuis que Simple était entré dans sa vie, plus rien n'allait comme avant. Il ne fumait plus, il ne bâfrait plus, il faisait du sport. Corentin n'était plus Corentin. « D'ailleurs, je m'appelle peut-être autrement », se dit-il en songeant au bouzigue doré. Il éteignit le portable puis alla frapper à la porte d'Enzo.

– Qu'est-ce que tu as ?

– Je ne vais pas bien.

Il raconta ce qui venait de se passer.

– Non mais attends, dit Enzo, ils sont Alzheimer grave, tes parents.

– Ah bon, fit Corentin, rassuré. C'est pas moi !

Dans la chambre voisine, Aria avait tendu l'oreille. Elle distinguait deux voix dans la chambre d'Enzo. C'était sans intérêt, Corentin qui venait bavarder. Mais elle ne pouvait s'empêcher de penser à Enzo. « Emma était jolie en diable. » Elle s'endormit sur ces mots.

Le lendemain, Aria, qui revenait de la fac, aperçut Enzo au salon. Il écrivait, assis sur le divan. Elle hésita. Passa la tête par la porte.

– Tu travailles ?

– Non.

Il rougit, son cœur avait pris le galop. Il avait pourtant décidé de ne plus aimer Aria et de coucher avec Emma dans deux ou trois cents pages.

– Et alors, ça finit comment ? dit-elle en désignant le grand cahier.

Enzo ne fut pas surpris d'être démasqué. Il prenait souvent la pose de l'écrivain qui cherche l'inspiration.

– Je ne sais pas encore.

Elle s'assit non loin de lui.

– Je l'ai lu, avoua-t-elle.

– T'as lu quoi ?

– « Emma était jolie en diable. »

Enzo la regarda, incrédule.

– Tu… m'as pris mon cahier pour le lire ?

– Oh, c'est bon, ne fais pas l'innocent. Je l'ai lu parce que tu l'as posé sur mon bureau.

– Moi ? Mais j'ai jamais fait ça !

– Arrête, Enzo !

– Mais je te jure…

– D'ailleurs, je trouve que c'est très bien.

Enzo en oublia ses protestations.

– Ah oui ?

– C'est même excellent. Il faut que tu termines.

Le monde basculait. Aria s'intéressait à Enzo.

– Tu vois, je pensais que tu étais un glandeur et que tu avais une mauvaise influence sur Corentin…

– Je suis un glandeur et j'ai une mauvaise influence sur Corentin, confirma Enzo. Mais je te ploche.

– Tu me… ?

– Je te ploche. Ça veut dire « Je t'aime » dans une autre langue.

La surprise fit s'esclaffer Aria.

– Tu es bête.

L'inflexion tendre de la voix donna le grand frisson à Enzo. Il approcha sa main du poignet d'Aria et le caressa du bout des doigts.

– Aria, on ne pourrait pas…

– Non, dit-elle. Il y a Emmanuel.

– Il y a Emmanuel, répéta docilement Enzo.

Il se laissa aller contre le dossier du divan, les yeux au plafond, comme les martyrs sur les tableaux. Aria sentit une vague qui se levait au fond de son ventre et allait la jeter sur Enzo. Elle sauta sur ses pieds, affolée.

– Bon, je te laisse écrire.

Enzo la regarda qui se sauvait.

– Elle est amoureuse de vous, mon garçon, diagnostiqua monsieur Villededieu.

Enzo était venu se confier, une fois de plus.

– Vous croyez ? C'est incroyable…

Il espérait et désespérait dans la même seconde.

– Emmanuel est beaucoup mieux que moi, non ?

– C'est vrai qu'il fait plus homme que vous. Mais les filles aiment les gamins, de nos jours.

– Georges, vous lisez trop *Marie-Claire*.

– Votre problème, reprit le vieux voisin, ce n'est pas votre rival. C'est cette petite Aria. Elle trouve sûrement très agréable d'avoir à la fois un amoureux et un amant.

Enzo hocha la tête, silencieux.

– Rendez-la jalouse, lui souffla monsieur Villededieu.

L'occasion s'en présenta le soir même. Madame Bardoux, ayant obtenu le numéro de téléphone de la coloc, décida d'appeler Kléber à l'heure du dîner. Ce fut Enzo qui décrocha.

– Madame Bardoux. Je souhaiterais parler à monsieur Maluri.

– Ah, c'est toi, Stéphanie ? Je ne reconnaissais pas ta voix.

– Vous devez faire erreur. Je m'appelle Françoise. Françoise Bardoux, des services sociaux.

– Ce soir ? Écoute, non, il est déjà tard…

– Pourriez-vous me passer monsieur Maluri ? tonna madame Bardoux.

– Demain ? Si tu veux, mais ne viens pas me chercher à la coloc.

Aria dressa l'oreille. Ça, c'était une fille qui draguait Enzo. Une étudiante en lettres, sans doute. « Elles n'ont que ça à foutre », songea Aria, furieuse. De son côté, madame Bardoux avait raccroché, laissant Enzo parler dans le vide :

– D'accord, je passe chez toi. Mais je ne resterai pas longtemps, je suis crevé en ce moment. Allez, tchao !

Il se retourna, tout content de ses talents de comédien, mais se prit de plein fouet le regard mauvais d'Aria et regretta aussitôt ce qu'il venait de faire.

– C'est qui, cette Stéphanie ? demanda Corentin.

– Oh, c'est une pauvre fille. Aussi moche que… que pas belle.

Dans son désir d'écrabouiller Stéphanie, Enzo en fit trop. Stéphanie s'imposa à l'esprit d'Aria comme une greffe de Miss Monde sur une James Bond *girl*.

De son côté, Kléber cherchait monsieur Mutchbinguen pour lui donner le numéro de téléphone de madame Sossio.

– Je suis pas depuis longtemps dans l'immeuble, lui dit la concierge, mais j'ai jamais connu de monsieur Muchmachin. Vous devriez demander à madame Villededieu. Elle a de la famille dans l'Est.

Monsieur Villededieu fut très content de recevoir le petit jeune homme qui allait à la messe.

– Mutchbinguen ? fit-il, méditatif. Dis donc, Yvette, c'était pas le nom de ton deuxième mari ?

Madame Villededieu haussa les épaules :

– N'importe quoi ! C'était Pompon. C'est pour ça que j'ai divorcé. Yvette Pompon ! Remarquez, maintenant, c'est Villededieu, c'est pas mieux.

Sur ces amabilités, Kléber prit congé du couple.

– Vous n'avez qu'à appeler le numéro que la dame vous a laissé, lui suggéra Georges, sur le palier.

Kléber se trouva bête de ne pas y avoir pensé plus tôt.

– Allô, oui ? fit une voix fatiguée.

– Euh, bonjour, j'aurais voulu parler à madame Sossio.

– Y a personne de ce nom, ici. C'est quel service que vous demandez ?

– Un service ? Aucun… aucun.

Kléber raccrocha.

– Service, murmura-t-il.

Madame Sossio ? Un service ?

– Services sociaux…

Oh, oh, vilains broquignos.

CHAPITRE 10
Où monsieur Pinpin s'entend super bien avec la petite fille sourde

Kléber avait cet espoir, assez répandu chez les jeunes gens, que les problèmes se réglaient d'eux-mêmes si on évitait d'y penser. Il envoya madame Sossio rejoindre monsieur Mutchbinguen au cimetière des mort-nés. Il avait d'autres chats à fouetter.

À écouter les conversations de ses camarades de classe, Kléber s'était convaincu qu'il était le seul à ne pas avoir encore couché avec une fille. C'était d'autant plus navrant qu'il savait que l'amour serait la grande affaire de sa vie.

Il pensait tout le temps à Béatrice. Un jour, elle n'avait que « Kléber » à la bouche. Le lendemain, elle semblait ne plus se souvenir de son prénom. Elle lui proposait une sortie au cinéma puis elle oubliait de confirmer. « Je t'appelle. » Elle n'appelait pas. Il ne l'attendait plus. Elle l'appelait.

Kléber avait un besoin intense de se confier mais, dès qu'il disait « Béatrice » à Simple, celui-ci allait chercher Pipine et lui tapait la tête contre le mur. En désespoir de cause, Kléber relut *Le Rouge et le Noir*, qu'il avait étudié en seconde. Comment Julien Sorel, timide et en état d'infériorité, s'y était-il pris pour tomber madame de Rênal ? « *C'était un jeune homme de dix-huit à dix-neuf ans, avec des traits irréguliers, mais délicats... De grands yeux noirs qui, dans les moments tranquilles, annonçaient de la réflexion et du feu...* » En ajoutant des lunettes au portrait, c'était Kléber tout craché. « *Julien approcha sa bouche de l'oreille de madame de Rênal et, au risque de la compromettre horriblement, il lui dit :*

– Madame, cette nuit, à deux heures, j'irai dans votre chambre, je dois vous dire quelque chose... »

Kléber entra dans la chambre de madame de Rênal, en plein cœur de la nuit. « *Quelques heures après, quand il sortit de la chambre de madame de Rênal, on eût pu dire, dans le style du roman, qu'il n'avait plus rien à désirer* ». Kléber laissa échapper un soupir oppressé.

– C'est quoi ce que tu fais ? demanda Simple.

– Ça se voit, non ? Je me cultive !

Kléber devait tenter sa chance comme Julien Sorel. Béatrice lui avait dit qu'elle préparerait son interro de maths chez elle, ce samedi après-midi. Il passerait lui proposer son aide. Mais que faire de Simple pendant ce temps-là ? Enzo ne voulait plus s'en charger. Il vint une idée retorse à Kléber : confier son frère à Zahra.

– J'ai des vêtements à acheter, dit-il à la jeune fille. Mais Simple est impossible dans les magasins. Est-ce que je peux le laisser chez toi une heure ou deux, samedi ?

– Je vais demander à ma mère.

Quand maman Yasmine apprit que Kléber avait un frère handicapé, elle lui ouvrit grand son cœur et sa porte.

Le samedi, Zahra, Djemilah, Leïla et Malika accueillirent les deux frères.

– Ils sont où, les garçons ? demanda Simple, après avoir promené son regard à la ronde.

Les filles se mirent à rire.

– C'est que des filles, ici, lui dit Kléber.

Il sautillait dans l'entrée, comme s'il s'échauffait avant une course.

– Les filles, elles sont bêtes, déclara Simple. Moi, je veux pas rester.

– J'ai des crayons de couleur, lui dit Zahra. Tu vas nous dessiner des lapins.

Kléber cligna de l'œil et s'éclipsa. Simple était très mécontent. Il montra Leïla et Malika du doigt :

– Moi, je fais pas des lapins à cède-là et à cède-là.

– Tu entends, il dit « cède-là » au lieu de « celle-là », se moqua Malika du haut de ses neuf ans.

– C'est pasque je parle une autre langue ! cria Simple, vexé.

– C'est parce que tu es un gogol !

– Toi, t'es une druzgouille !

Maman Yasmine, entendant la dispute, se précipita dans l'entrée.

– Ah, il est arrivé ? Bonjour... Bonjour, ça va bien ? Entre dans le salon.

Elle parlait fort, comme si Simple était sourd. Simple obéit en murmurant :

– Moi, j'aime personne, ici.

Il tournicota les oreilles de monsieur Pinpin au fond de sa poche.

– Comment on va l'occuper ? demanda maman Yasmine.

– Je veux m'en aller, moi, dit Simple tout bas.

Il restait au milieu du salon, les yeux baissés, la moue tremblante. Il ne comprenait pas pourquoi Kléber l'avait abandonné dans cette maison de filles. Un trottinement lui fit lever les yeux. Amira était entrée. La petite sourde-muette fit des signes à sa mère en émettant quelques sons gutturaux.

Simple la regarda avec émerveillement. Amira était laide. On avait dû lui opérer les yeux, mais elle louchait encore un peu et elle portait de très gros verres de lunettes. Son appareillage, qui lui décollait les oreilles, ne lui apportait qu'un lointain écho de notre monde. Elle fit un sourire à Simple et l'appela d'un signe de la main.

– Elle va te montrer ses jouets, dit maman Yasmine.

Simple emboîta le pas à Amira. La petite partageait sa chambre avec Malika.

– Tu les surveilles ? demanda maman Yasmine à Malika.

La fillette poussa un soupir. Surveiller un idiot et une sourde, tu parles d'un après-midi ! Dans la chambre, Amira ouvrit son coffre et en sortit ses déguisements préférés, la robe de la Belle, les babouches d'Aladin, le chapeau de la fée bleue… Tous ces trésors allumèrent des étoiles dans les yeux de Simple.

– Toi, tu t'en vas, dit-il à Malika. Je joue que avec cède-là.

Il montra Amira du doigt.

– Eh bien, tant mieux, dit Malika, en refermant rageusement la porte.

Amira ouvrit alors son coffret à bijoux. Monsieur Pinpin n'y tint plus et pointa le bout de ses oreilles :

– Coucou !

Il se jeta sur les bijoux :

– De l'or, des diamants ! Je suis riche, je suis riche !

Amira éclata de rire. Une idée de génie traversa monsieur Pinpin :

– Si on serait des dames ?

Il y avait dans le coffre tout ce qu'il fallait pour se déguiser : une vieille jupe longue de maman Yasmine, des châles et des foulards, un éventail, un chapeau de paille rose, un tablier de cuisine… Monsieur Pinpin se déguisa en fermière avec un fichu rouge sur les oreilles, Amira mit la robe de la Belle et Simple, ayant passé la jupe longue par-dessus son pantalon, se couvrit de bijoux.

– Si on ferait une beauté ? proposa monsieur Pinpin.

Amira alla prendre dans la salle de bains le khôl, les fards à paupières, les rouges à lèvres et les roses à joues. Simple s'installa devant la glace de la penderie et se maquilla les yeux.

– Je mets du bleu, dit-il en se tartinant une paupière. Et un peu du…

Il regarda la palette de fards :

– Du caca.

Il étala une ombre mordorée sur l'autre paupière.

– Tu me mets du rouge à bouche ? demanda monsieur Pinpin à Amira.

La petite dessina un joli cœur rouge sur les lèvres du lapin puis lui rehaussa les joues d'une touche de blush.

– Vous êtes belle, madame, le complimenta Simple.

– Oui, mais je pue.

Amira avait toute une collection d'échantillons de parfums. On en frictionna monsieur Pinpin.

– Tu en mets sur tes chaussettes, dit-il à Simple. Tu pues les pieds.

Le jeu était déjà bien avancé quand Zahra s'aperçut que Malika ne surveillait pas du tout Simple et Amira. Elle courut à la chambre et les trouva tous deux couverts d'oripeaux et barbouillés de maquillage. Le spectacle était si saugrenu, la consternation des coupables si totale que le fou rire monta aux lèvres de Zahra.

– C'est pas moi, dit Simple, c'est monsieur Pinpin.

– Oh, le pauvre ! s'écria Zahra en apercevant la peluche qu'un gros cœur d'un rouge graisseux défigurait.

La jeune fille prit peu à peu la mesure du désastre. La chambre empestait, les fards à paupières étaient brisés, les bâtons de rouge à lèvres aplatis, les vêtements tachés.

– Amira, Amira ! gronda Zahra, en agitant la main en direction de la petite.

L'enfant désigna monsieur Pinpin d'un doigt accusateur. C'était lui qui avait voulu jouer aux dames.

Kléber, pendant ce temps, jouait au monsieur.

– Ah bon ? fit Béatrice en le découvrant sur son palier.

– Oui, je passais dans le quartier… On peut réviser les maths ensemble ?

– Mes parents vont pas tarder à rentrer, dit Béatrice avec un sourire ambigu.

Le message pouvait s'entendre de deux façons. L'une, favorable aux entreprises de Kléber, indiquait que Béatrice était seule. L'autre sonnait comme un avertissement. Seule, oui, mais pas pour longtemps.

– Tu veux voir ma chambre ?

Kléber fit un signe de tête accompagné d'un haussement d'épaules, l'ensemble signifiant : « Pourquoi pas ? »

Béatrice s'était entièrement meublée chez Interior's, petit lit en pin, petit secrétaire à abattant, petite étagère à bibelots. Kléber regarda autour de lui et eut l'impression d'avoir de très grands pieds.

– Comment tu trouves ?

– C'est… c'est.

Il fit une grimace indécise. Il avait imaginé un vaste lit à baldaquin, des tentures sombres et des tapis épais. La chambre de madame de Rênal, à minuit passé.

– J'ai rien compris aux exercices qu'il nous a donnés, dit Béatrice en attrapant son classeur de maths.

Kléber se colla à elle, épaule contre épaule, et tout en affectant de lire les énoncés, lui passa le bras autour de la taille.

– Dis donc, tu viens travailler ou tu viens draguer ?

Il eut un rire malicieux.

– On ne peut pas faire les deux ?

Béatrice s'écarta un peu. Elle commençait à se méfier de Kléber. Il avait pris de l'assurance.

– Mes parents vont rentrer.

– Tu l'as déjà dit.

Il souriait mais ne perdait pas de temps, posant les mains où il voulait.

– Tu arrêtes, oui ?

– Je t'aime, dit-il à tout-va.

Il la serra contre lui. Elle se débattit un peu, puis se laissa embrasser. Kléber en perdit la tête. Elle cédait, elle cédait ! Soudain, il se sentit à son tour enlacé et serré. Elle se plaquait contre son ventre, se frottait comme une chatte. Comment Julien Sorel s'était-il tiré d'affaire ? Le roman n'était guère explicite. Il avait sans doute renversé madame de Rênal sur le lit. Kléber s'avisa que le lit de Béatrice était un peu loin et assez étroit. Il courait le risque de s'étaler sur la carpette ou d'assommer Béatrice contre le mur. Mais surtout, il allait bientôt ne plus être en état de désirer quoi que ce soit, comme on dit dans le style du roman. Ce fut lui qui repoussa Béatrice. Elle souleva ses cheveux. Pfiou. Un vrai coup de chaud. Puis elle se mit à chercher un stylo, du papier, elle ouvrit son manuel, le referma. N'importe quoi.

– Bon, je… te laisse réviser, balbutia Kléber.

Tout de même, il ne pouvait pas s'en aller comme ça. Il avait gagné du terrain, il fallait le signaler, planter un petit drapeau.

– Tu ne m'en veux pas ? souffla-t-il dans le cou de Béatrice.

– Tu es… embêtant. Tu ne penses qu'à ça.

Mais Kléber sentit que le reproche était flatteur. Elle ne le traitait plus en gamin.

– Je t'aime, dit-il, la voix très mâle.

Il n'osa pas la serrer contre lui. Une fois de plus risquait d'être une fois de trop. Il quitta l'appartement, pas mécontent de lui, mais aussi courbatu que s'il avait lutté pendant une heure.

Dans la rue, il inspira, souffla, inspira, souffla. Il prit tout le temps nécessaire pour se calmer avant d'aller retrouver Zahra.

– Qu'est-ce que tu as acheté ? lui demanda-t-elle.

– Acheté ? Ah oui, acheté ! Heu, rien. C'était nul.

Elle lui jeta un regard étrange et pénétrant. Il rougit.

– Comment ça s'est passé avec Simple ?

– Il s'entend super bien avec Amira.

Quand Kléber entra dans la chambre de la petite sourde-muette, monsieur Pinpin finissait son séchage au séchoir électrique.

– C'est pas tout parti, le rouge à bouche, dit Simple à son frère.

Le lapin avait désormais une espèce de sourire sanglant.

– Pas terrible, marmonna Kléber.

Il remercia Zahra et sa mère. Puis il emmena Simple au jardin des Tuileries. Voir des voiliers, voir des enfants. Il avait envie de pleurer, il ne savait pas pourquoi.

Tandis que Kléber et Simple traînaient aux Tuileries, Aria et Emmanuel travaillaient, l'une sur le lit, l'autre au bureau. De temps en temps, Aria tendait l'oreille pour savoir si Enzo était de retour.

– On n'a pas sonné ? demanda Emmanuel.

Comme il restait vissé sur son siège, Aria se leva en soupirant.

– Papa ? dit-elle en voyant son père sortir de l'ascenseur. Maman ?

Monsieur et madame Mouchabœuf embrassèrent leur fille avec l'entrain qu'on réserve aux enterrements.

– On a essayé de t'appeler, dit monsieur Mouchabœuf, mais chaque fois on est tombés sur un monsieur Mutchbinguen qui nous parlait de la pluie et du beau temps.

– Vous avez dû faire un faux numéro, répondit Aria.

– Non, ma chérie, non, fit madame Mouchabœuf, très abattue. Nous pensons, ton père et moi, que Corentin va très mal.

Aria la regarda, stupéfaite.

– Mais explique mieux que ça ! s'énerva monsieur Mouchabœuf.

– Chut, il est peut-être là, murmura sa femme.

– Non, il est sorti, dit Aria. Mais qu'est-ce qui ne va pas avec Corentin ?

– Il se prend pour monsieur Mutchbinguen.

Le papa d'Aria lui expliqua que Corentin avait commencé par leur parler brutalement au téléphone portable.

– Quand nous avons voulu te joindre sur le téléphone de la coloc, c'est lui qui a décroché. Il refusait de te prévenir et il parlait comme un automate. Méconnaissable.

Madame Mouchabœuf laissa échapper un sanglot. Aria songea que ses parents avaient dû tomber sur Simple. Mais ils prétendaient que Corentin leur avait aussi répondu bizarrement sur son portable. La chose devenait moins explicable.

– Tu n'as rien remarqué ? demanda la maman.

Tout d'abord, Aria secoua la tête puis elle se figea.

– Quoi ?

– Non, rien… Corentin a arrêté de fumer, c'est tout. Et au lieu de grossir, comme c'est souvent le cas, il a maigri.

– Il a maigri ! répéta madame Mouchabœuf que cette nouvelle mit au comble du désarroi.

– Il a beaucoup maigri ? demanda monsieur Mouchabœuf en insistant tragiquement sur le « beaucoup ».

– Quatre ou cinq kilos. Mais ça lui va bien, il était un peu rondouillard… Excusez-moi, on sonne.

Aria appuya sur le bouton de l'interphone tandis qu'une voix s'annonçait :

– Madame Bardoux.

Elle faisait une nouvelle offensive. Les colocataires de la rue du Cardinal-Lemoine lui paraissaient suspects. Elle fut surprise de trouver trois personnes tassées dans l'entrée.

– Bonjour, dit-elle, assez revêche. Madame Bardoux, des services sociaux. Je viens pour le placement de Corentin, je ne sais pas si vous êtes au courant ?

– Mon Dieu ! fit madame Mouchabœuf, en joignant les mains.

– De quoi vous parlez ? la questionna Aria.

– Je n'ai pas l'honneur de vous connaître, mademoiselle, lui répliqua madame Bardoux qui perdait patience dans cette affaire. Je n'ai pas à vous fournir de détails sur le cas de Corentin.

– Mais nous sommes ses parents ! se récria monsieur Mouchabœuf.

À ce moment-là, la clef tourna dans la serrure et Kléber entra, suivi de son frère.

– Y a trop de monde, bougonna Simple en bousculant les gens qui lui barraient le passage.

– Vous savez jouer des coudes, monsieur Mutchbinguen, observa madame Bardoux, la voix pincée.

– Je suis Simple.

Madame Bardoux voulut lui clouer le bec :

– Il y a une différence entre simple et grossier !

– Attendez, attendez ! s'écria monsieur Mouchabœuf. Pourquoi l'appelez-vous monsieur Mutchbinguen ?

– Parce que c'est son nom, répondit madame Bardoux.

Kléber regardait cette femme, l'air de plus en plus inquiet. Elle s'en aperçut :

– Par le plus grand des hasards, seriez-vous monsieur Maluri ?

– Oui.

Elle poussa un cri :

– Enfin ! Et Corentin n'est pas avec vous ?

– Non…

– Vous le laissez sans aucune surveillance ?

– Je vois pas pourquoi je surveillerais Corentin, répondit Kléber, ahuri.

– Je ne vous fais pas de reproches, vous êtes jeune, dit madame Bardoux, l'œil pourtant sévère. Mais c'est tout de même se montrer irresponsable. Où est-il ?

– Corentin ? Mais je… j'en sais rien, bredouilla Kléber.

– Il a disparu ? s'affola madame Mouchabœuf.

Au même moment, une clef tourna de nouveau dans la serrure. Ce pouvait être Enzo, ce pouvait être…

– Corentin ! s'écrièrent Aria, son père, sa mère et Kléber.

Il eut un mouvement de recul.

– Fermez la porte, ordonna madame Bardoux. Il va filer comme un lapin…

– Coucou ! dit une voix dans le dos de madame Bardoux.

Elle sentit quelque chose se poser délicatement sur son

épaule. Elle tourna un peu la tête et sursauta. Deux longues oreilles venaient de lui balayer la joue. Elle s'écarta et dévisagea monsieur Mutchbinguen qui agitait sa peluche.

– C'est qui ? lui demanda-t-il, l'air coquin.

– C'est monsieur Pinpin ! gueula Corentin.

« Ils sont tous fous », songea madame Bardoux.

À partir du moment où Kléber put établir que Simple était son frère déficient mental, tout le monde comprit que monsieur Mutchbinguen était une aimable fiction. La maman de Corentin admit que Simple, étant idiot, lui avait répondu à tort et à travers sans mauvaise intention.

– Mais tout de même, dit-elle à son fils, c'est bien toi qui m'as parlé sur ton portable ?

Corentin regarda fixement Simple.

– C'est pas moi, dit-il, c'est monsieur Pinpin.

Avant de s'en aller, madame Bardoux donna un rendez-vous à Kléber pour le samedi suivant.

– Tâchez de venir sans votre frère. Nous discuterons plus tranquillement.

CHAPITRE 11
Où monsieur Pinpin reprend le chemin de Malicroix

Le samedi suivant, Kléber déposa une nouvelle fois Simple chez Zahra. La petite Amira les attendait derrière la porte et elle sauta de joie en voyant son ami. Simple avait accroché un sourire comme un hamac à ses oreilles.

– Ils s'entendent bien, dit Djemilah, je me demande comment ils font.

Amira pencha la tête sur le côté et, du doigt, elle montra la poche de Simple. Le garçon y plongea la main et en sortit monsieur Pinpin :

– Coucou !

Kléber et Zahra échangèrent un regard amusé.

– Il faut que j'y aille, dit le jeune homme. J'ai rendez-vous à quatorze heures.

Madame Bardoux attendait Kléber dans un petit bureau cerné d'armoires métalliques.

– Asseyez-vous, monsieur Maluri. Je suis contente que vous ayez pu vous libérer. Quelle vie vous menez !

Elle le regarda avec une si grande compassion que Kléber s'inspira à lui-même une certaine pitié.

– De fait, dit-il, c'est pas drôle tous les jours.

– Vous êtes un frère formidable. Votre dévouement est au-dessus de ce qu'on peut attendre de quelqu'un d'aussi jeune…

Kléber se demanda si les services sociaux allaient lui remettre une décoration.

– Mais il vous faut aussi penser un peu à vous-même. Vous ne devez pas pousser l'esprit de sacrifice jusqu'à mettre en danger votre avenir.

Avoir un frère débile n'était pas un atout pour draguer les filles, mais Kléber ne se sentait pas menacé pour autant.

– Je ne prône pas l'égoïsme, bien sûr, mais en toutes choses il faut savoir garder le sens de la mesure.

Madame Bardoux aimait enfiler les phrases creuses. Elle mit dix bonnes minutes pour arriver au cœur du sujet :

– Monsieur Maluri, je vous parle de votre père, nous a demandé de bien vouloir reconsidérer la possibilité pour Simple, je veux dire pour Barnabé, d'un placement à Malicroix.

Kléber, qui commençait à s'assoupir, eut un sursaut :

– À Malicroix ?

– Oui, je sais…

Elle étendit la main pour prévenir toute objection de la part de Kléber :

– Je sais que vous avez formulé quelques reproches à l'encontre de cet établissement. Mais la direction vient de changer et, si on pouvait critiquer certaines méthodes par le passé, disons une médicalisation excessive, le personnel a reçu d'autres directives…

Et bla, bla, bla, Kléber sentit de nouveau la fatigue peser sur ses paupières.

– Bref, je vous propose, en accord avec votre père qui est le responsable légal de Barnabé, un placement en semaine du lundi au vendredi. Vous pourrez venir chercher votre frère, le vendredi soir ou le samedi matin, à votre choix. Marly-le-Roi, ce n'est pas trop loin en RER.

Quelques semaines plus tôt, Kléber aurait crié : « Malicroix, jamais ! » Mais il était las. Les arguments de madame Bardoux lui paraissaient raisonnables, d'autant qu'elle les enveloppait de plein de compliments.

– Votre père passera prendre Barnabé dimanche et le conduira lui-même à Malicroix, conclut madame Bardoux.

Kléber lui serra la main à la fin de l'entretien. Le destin de monsieur Pinpin était scellé.

– Alors, qu'est-ce qu'elle te voulait ? demanda Zahra.

Kléber haussa les épaules comme si la chose ne présentait pas grand intérêt :

– Elle m'a proposé de laisser Simple à Malicroix pendant la semaine.

– Tu as refusé ? dit Zahra comme si cela allait de soi.

– Non.

Ils se turent tous deux, gênés.

– Simple s'est bien amusé avec Amira, dit Zahra. Ils ont fait des concours de dessin de lapins…

Kléber se sentit en colère, comme si Zahra l'accusait de quelque chose.

Ce soir-là, Kléber annonça aux colocs la décision des services sociaux. Il le fit en l'absence de son frère.

– Simple est au courant ? lui demanda Enzo.

– Pas encore.

– Tu ne peux pas t'opposer ?

– C'est mon père qui… qui est responsable.

La honte envahissait Kléber. Il aurait pu s'opposer.

– J'irai le chercher le vendredi soir. Je m'en occuperai tout le week-end.

Sa voix trembla.

– C'est mieux pour tes études, le réconforta Emmanuel. Tu ne peux pas organiser ta vie autour de ton frère. Et puis Simple doit aussi avoir un espace à lui. À Malicroix, il y a des éducateurs, ils vont stimuler son intellect. Ici, il végète.

Kléber remercia Emmanuel d'un signe de tête.

– Non mais attends, c'est n'importe quoi ! éclata Enzo. Vous n'avez jamais entendu Simple jouer à Malicroix ? Il est terrorisé par cet endroit !

Kléber se cacha le visage entre les mains.

– C'est intelligent, dit Emmanuel en fusillant Enzo du regard. Tu crois que tu l'aides ?

– Mais je m'en fous de l'aider ! Je parle de Simple.

– Et tu vas t'en occuper ? Tu n'as pas dit récemment que tu ne voulais plus qu'on te le colle quand Kléber est absent ?

Les deux hommes s'étaient dressés l'un en face de l'autre.

– Vous n'allez pas vous étriper, s'interposa Corentin.

Aria posa la main sur le bras d'Enzo pour le calmer. Emmanuel suivit le geste du regard, le visage tendu de colère.

– C'est pour quoi la bataille ?

L'apparition de Simple, qu'on croyait au lit, doucha tout le monde.

– C'est rien, dit Aria. Les garçons, ça se dispute pour rien.

– Ils veulent te remettre à Malicroix, dit Enzo.

Aria lui frappa l'épaule du poing.

– Tu arrêtes de dire n'importe quoi !

– C'est n'importe quoi ou c'est la vérité ?

– J'y vais pas à Malicroix ? dit Simple en interrogeant son frère du regard.

– Pas… pas maintenant, bredouilla Kléber.

– Après ?

– Oui.

– Dans douze ans ?

– Un… un peu moins.
– Lundi prochain, dit brutalement Enzo.
Il se prit un nouveau coup de poing
– Faut pas taper Enzo, dit Simple.
Corentin n'arrivait plus à déglutir. Il n'avait jamais assisté à une scène aussi pénible.
– Monsieur Pinpin, il veut pas y aller à Malicroix.
– Tu sais bien que c'est une peluche, lui dit Aria.
Simple fit non de la tête.
– Il va jeter par la fenêtre.
C'était une menace de suicide. Corentin craqua et quitta le salon pour aller sangloter à l'aise dans sa chambre. Emmanuel se rapprocha de Kléber pour lui dire à mi-voix :
– Ne te laisse pas impressionner. Il y a toujours des grilles aux fenêtres dans ce genre d'endroit.
Kléber en resta bouche bée. Aria prit Simple par la main et l'entraîna dans le couloir. Kléber entendit sa voix qui s'éloignait :
– Tu sais, ce n'est que pour quelques jours. Des fois, tu seras à Malicroix, des fois, tu seras ici. C'est pour que Kléber puisse travailler à son école. Tu aimes ton frère, hein ?
Emmanuel donna quelques tapes de réconfort à Kléber :
– Tu vas voir, ça va s'arranger. Il faut trouver un équilibre entre ses intérêts et les tiens.
Enzo leur tourna le dos et alla regarder la rue par la fenêtre. Chacun choisissait son camp.

Les jours suivants se passèrent sans accroc. Kléber parla de Malicroix avec Simple. Il lui montra le calendrier et mit une croix en face de chaque jour du lundi au vendredi.
– Le samedi et le dimanche, tu reviens à la maison et on va se promener aux Tuileries, on…

– On voit Amira ?

– On voit Amira, confirma Kléber.

Enzo avait eu raison de casser le morceau. Il fallait dire la vérité à Simple et la dire simplement. Mais, depuis l'affrontement, Enzo fuyait la coloc autant que possible. Il se réfugiait à la bibliothèque de la Sorbonne, où il écrivait son roman. Quand il pensait à Aria, il se frottait l'épaule. Dans les chapitres suivants, Emma dérouillait salement.

Au lycée, Kléber évitait Zahra.

– C'est quand même bête que tu aies encore ton frère le week-end, lui fit observer Béatrice. Ça ne résout rien pour les sorties. Et le reste.

Kléber songea que, si Simple acceptait de passer parfois le week-end à Malicroix, il pourrait savoir ce qu'était le reste.

Le dimanche, Kléber dut faire la valise de son frère. Tout lui parut poser problème. Fallait-il mettre les Playmobil ? Et les Époques ? Et le vérolair ? Quels vêtements à part les joggings ? On n'autoriserait pas Simple à s'habiller en monsieur Mutchbinguen. Kléber restait au milieu de la chambre, les bras ballants.

Il commença par les sweats et en souleva la pile dans l'armoire. C'est là qu'il découvrit les briquets de Corentin. Il en éprouva un curieux soulagement. Il avait la preuve que Simple était potentiellement dangereux. Dès lors, il trouva la réponse à ses interrogations. Il fit un gros sac de jouets et plia le costume.

– Tu vas en voyage ? demanda Simple en entrant dans la chambre.

– Mais non, c'est toi. Je t'ai dit…

Simple se décomposa :

– C'est pas aujourd'hui ?

– Si. Regarde, j'ai mis tes jouets dans la valise.

– C'est ma mienne de valise ?

Simple parut flatté. Il l'attrapa par la poignée et s'admira dans le miroir.

– Monsieur Mutchbinguen, il va en voyage, il va à… à…

La panique le fit haleter.

– À Marjabouilla, dit-il dans un souffle. C'est l'autre langue.

À ce moment-là, Kléber aurait voulu parler une autre langue et vivre dans un autre endroit.

Monsieur Maluri se présenta en fin de soirée. Il n'avait pas revu ses fils depuis plus de deux mois.

– C'est papa, dit Simple à Kléber, comme s'il jugeait les présentations nécessaires.

Monsieur Maluri embrassa ses garçons.

– Je ne pourrai pas faire ça tous les week-ends, prévint-il. Mathilda en est à sept mois… Bon, c'est sa valise ?

– Oui, dit Kléber, mais je me demandais…

– Tu ne te demandes rien. Tu t'es déjà trop demandé. Tu vois où ça nous conduit pour finir. À la case départ. Et pour un peu, on n'avait plus de place à… à Machin.

– Gnin, gnin, gnin, l'imita Simple en prenant une voix de gronderie.

Monsieur Maluri parut un instant déconcerté. Mais il empoigna la valise, pressé d'en être quitte avec cette corvée. Kléber escorta son frère jusque dans la rue.

– C'est la voiture de papa, dit Simple. Papa met la valise dans le coffre. Il ouvre la porte. Il a la clef, papa.

Il commentait à mi-voix tous les faits et gestes de son père comme s'il s'agissait d'exploits. Kléber le guettait du coin de l'œil. Il avait peur d'une crise au dernier moment.

– Je vais devant ? demanda Simple.

– Oui, mais tu touches à rien, dit monsieur Maluri, toujours rogue.

Simple parut content.

– Alors, à vendredi, lui dit Kléber. Je viendrai te chercher, tu as bien compris ?

– Je vais devant, lui répondit Simple comme si rien n'était plus important.

Il n'embrassa pas son frère et s'installa sur le siège.

– Commence pas à tout tripoter ! ronchonna monsieur Maluri. Bon, j'y vais. Tu te débrouilleras pour vendredi ?

Il questionnait son fils tout en paraissant très préoccupé par le réglage de son rétroviseur extérieur.

– Ça ira, dit Kléber.

Et il s'en alla sans un regard derrière lui. Dès qu'il eut refermé la porte de l'appartement, une chape de plomb s'abattit sur la colocation.

Le dîner fut lugubre.

– Ce pauvre Simple, dit Corentin, il mettait de l'ambiance, quand même.

Enzo se leva à peine assis, prit une pomme et du pain, puis fila dans sa chambre. Chacun fut chez soi de bonne heure.

– Corentin a raison, dit Emmanuel à Aria. L'ambiance, ça n'est plus ça. Pourquoi on ne s'en irait pas ?

– S'en aller ? Où ça ?

– Mais on pourrait louer un studio. Tous les deux.

Emmanuel y songeait depuis quelque temps, mais Aria ne s'attendait pas du tout à une telle proposition. Elle crut facile de l'écarter.

– On n'a pas les moyens.

– Mes parents m'aideraient.

– Tu crois ?

Emmanuel essaya de garder un ton détaché :

– Oui, si je leur dis qu'on se marie.

Aria tressaillit comme si elle venait de prendre une décharge électrique. Elle cacha son émotion derrière un petit rire :

– Holà, carrément ! C'est un peu tôt, non ?

– J'ai vingt-cinq ans. Je t'aime.

Il l'interrogea du regard.

– Oui, moi aussi. Mais je... je pensais tout d'abord terminer mes études. Et puis, il y a Corentin...

Emmanuel se retint de hurler : « Et Enzo ! »

– Oui, bien sûr. De toute façon, je n'attends pas de réponse tout de suite. Tu y réfléchis ?

Aria murmura « oui » et se fit très câline. Mais au moment de s'endormir, quelques mots flottèrent devant ses yeux fermés et s'assemblèrent. « Emma était jolie en diable. »

Le lundi, Kléber se sentit libre comme un oiseau échappé de sa cage. Le mardi, il savourait encore sa liberté. Le mercredi, il téléphona à Béatrice. Il voulait la convaincre de passer à la colocation. Elle résistait. Il riait, il s'énervait. « Bon, je raccroche », menaçait Béatrice. Ils y passèrent l'après-midi. Le jeudi, Kléber se trouva très déprimé. Il avait envie d'appeler son père pour avoir des nouvelles de Simple. Comment s'était-il comporté en arrivant à Malicroix ? Il revit Simple portant sa valise et s'admirant dans le miroir. Des larmes lui montèrent aux yeux. Simple avait joué la comédie, la comédie de monsieur Mutchbinguen.

– Papa ? C'est Kléber. Oui, je voulais savoir... Tu as des nouvelles de Simple ?

– Tu le vois demain, non ?

– Oui, mais ça s'est bien passé, dimanche ?

Il y eut un silence de l'autre côté.

– Papa ?

– Oui, oui, je suis là. Qu'est-ce que tu veux que je te dise ? Il a fait un cirque pas possible !

Kléber sentit que ses jambes fléchissaient. Il s'assit.

– Ah ?

– Évidemment ! s'énerva monsieur Maluri. Ils me l'ont bien expliqué à Malicroix. Il s'était déshabitué. Il faut le réadapter. Si tu n'avais pas eu cette lubie de…

– Qu'est-ce qu'il a fait ?

– Mais un cirque, je te dis ! Il criait, il tapait, il a essayé de s'enfuir. Ils ont dû le tenir à plusieurs.

Kléber ne put en entendre davantage.

Le vendredi fut horrible. Les heures allaient tout à la fois trop vite et trop lentement. Kléber avait hâte de délivrer son frère. Mais il avait peur du face-à-face. À la sortie des cours, sans attendre Béatrice, il courut derrière Zahra qui était partie la première.

– Zahra !

Elle se retourna.

– Zahra, répéta Kléber.

Depuis le début de la semaine, il la fuyait, s'affichant avec Béatrice à tel point que les autres, un peu jaloux, les appelait « monsieur et madame Maluri ».

– Je vais chercher Simple tout à l'heure.

– Tu veux nous le confier samedi ? dit Zahra, la voix atone.

– Oui, non, attends. On peut marcher ?

Ils s'éloignèrent en silence. Mais Zahra savait entendre celui qui ne parle pas.

– Comment ça va, ton frère ?

– Mal.

Il lui serra le poignet. Il ne savait plus ce qu'il faisait.

– J'ai peur d'aller là-bas tout seul.

Zahra avait compris. Il avait besoin d'elle.

– Est-ce que tu viendrais avec moi ?

Elle pouvait répondre : « Pourquoi tu ne demandes pas à Béatrice ? » Elle pouvait aussi répondre :

– Je vais demander à maman.

Les deux jeunes gens prirent le RER. Ils parlèrent d'Amira, chemin faisant. Kléber voulait savoir à quelle école elle allait, si elle faisait des progrès, si elle était heureuse. Quand la gare s'approcha, il se tut.

– J'espère que je vais retrouver le chemin, dit Kléber une fois sur le quai.

Mais il reconnut tout de suite le grand bassin avec les chevaux de pierre cabrés, la longue allée sous les arbres et la route qui montait vers Malicroix.

Il sonna. Zahra fut étonnée de découvrir de l'autre côté de la porte un hall d'entrée vaste et feutré où passaient quelques silhouettes pressées. On se serait cru dans un hôtel. Il y avait une dame sous une pancarte indiquant « accueil ».

– Monsieur Maluri, se présenta Kléber. Je viens chercher mon frère pour le week-end.

– Oui ? fit la dame comme si elle en doutait fortement.

Elle baissa les yeux sur un registre.

– Oui, admit-elle, comme à regret. Chambre 112, au premier.

Kléber choisit de monter par l'escalier, un escalier de marbre blanc, reste de splendeurs passées. Une personne monta, une autre descendit, le croisant en silence. Pressée, pressée.

Dans le couloir, Kléber aperçut une très vieille dame qui avançait, en se tenant au mur. Elle interpella Zahra :

– Mademoiselle, ma mère est dans ma chambre.

– Votre mère ? s'étonna Zahra.

– C'est pas que ça me gêne, dit la vieille dame. Mais elle est morte.

Kléber tira Zahra par le bras en chuchotant :

– Elle est timbrée.

Une voix traversa le couloir, celle de la surveillante d'étage :

– Madame Tabouré ! Vous vous êtes encore sauvée de votre chambre ! Je vais le dire à votre mère, moi.

Kléber doubla le pas et arriva devant la chambre 112. Il frappa puis, n'entendant aucune réponse, il entra.

– Des gens ! s'écria un homme sans âge qui avait déjà passé son pyjama.

– Excusez-moi, on m'a donné un faux numéro de chambre…

– C'est des gens, c'est des gens, c'est des gens, dit l'homme en se donnant des coups de poing sur la tête.

Kléber poussa Zahra vers la sortie :

– Il est timbré aussi.

Il se rua à l'accueil :

– Mon frère n'est pas dans la chambre 112.

– Oui ? fit l'hôtesse, doutant de plus en plus du bon sens de Kléber.

Elle baissa de nouveau les yeux sur son registre.

– Ah non. C'est 212. Dépêchez-vous. On va fermer.

Kléber préféra prendre une large inspiration plutôt que de l'injurier. Au deuxième étage, il n'y avait plus qu'une veilleuse pour éclairer le couloir. À dix-neuf heures, on se serait cru au plus épais de la nuit. Les pensionnaires de

Malicroix dînaient à dix-huit heures. À présent, ils étaient au lit.

Chambre 212. Kléber entrebâilla la porte. Simple était bien là, assis sur le lit, avec son blouson mal boutonné et son sac de jouets sur l'épaule.

– Simple ? Je suis là. Ohé ! C'est Kléber. Tu ne me dis pas bonjour ?

– Y a des serpents, dit Simple sans regarder son frère.

Du doigt, il montra les dessins de la descente de lit. Depuis que la dame l'avait habillé, il attendait en regardant les dessins sur le tapis. Zahra le secoua par l'épaule :

– Tu viens avec nous, Simple ? On va à la coloc.

– C'est des serpents, murmura Simple.

– Tu veux voir Amira ?

Simple releva les yeux, ses yeux bleus d'où la lumière s'était enfuie.

– On y va, dit-il, le ton mécanique. J'aime personne, ici.

Comme il s'apprêtait à quitter la chambre, Kléber eut l'impression d'oublier quelqu'un. Il s'arrêta sur le pas de la porte.

– Tu as pris monsieur Pinpin ?

– Non.

– Où il est ?

Simple se dirigea tout droit vers la table de chevet, ouvrit le tiroir et en sortit la peluche. Il la tendit à son frère. Zahra poussa un cri. Le lapin n'avait plus d'yeux.

– Qu'est-ce que tu as fait ? s'écria Kléber.

– Monsieur Pinpin, il veut pas voir ça.

– Tu as gardé les yeux ? demanda Zahra.

Simple fit oui de la tête et tapa sur la poche de son blouson. On entendit tinter quelque chose.

– Aria va les recoudre, dit Kléber. Allons-y.

Dans l'escalier, entre le deuxième étage et le premier, ils croisèrent la vieille dame qui s'appuyait au mur.

– Mademoiselle, dit-elle à Zahra, ma grand-mère est dans mon lit. C'est pas que ça me dérange, mais elle a fait pipi.

– Madame Tabouré ! cria une voix à l'étage du dessous.

– Ce qu'elle est casse-pieds, celle-là, dit la vieille dame.

Elle continua sa montée aussi vite qu'elle pouvait.

– C'est la viève dame qui sauve, la reconnut Simple au passage.

En refermant la porte de Malicroix, Kléber eut, lui aussi, l'impression qu'il se sauvait. Simple ne manifesta rien, une fois dans la rue. Il se contenta de nommer tout ce qu'il voyait :

– Les arbres, les chevals en statue, la boulangerie de gâteaux...

À la gare, Kléber lui tendit un ticket.

– Je le mets dans le trou ?

– Oui, et tu pousses le tourniquet.

– Voup ! Il est parti, le quicket. Coucou, le voilà !

La disparition du ticket dans la fente puis sa réapparition amena le premier sourire sur le visage de Simple.

Au moment de se séparer, Zahra dit à Kléber :

– Tu sais, il y a toujours quelqu'un à la maison. Si tu veux, on peut te garder Simple le mercredi ou le samedi...

Elle lui suggérait de renoncer à Malicroix. Kléber eut le sentiment qu'elle le jugeait et, au lieu de la remercier, il se contenta de pousser un grognement. Puis, comme il ne pouvait faire autrement, il l'embrassa sur les deux joues. Un tendre parfum l'enveloppa, de vanille et de fleur d'oranger.

– À demain ?

– Amira va être contente, répondit Zahra.

Puis, dans son trouble, elle se cogna contre la porte en se détournant.

À la coloc, Enzo zappait la télé, renfrogné comme jamais. Aria, en allant se chercher un verre d'eau à la cuisine, l'aperçut dans la pénombre du salon. Elle se glissa jusqu'à lui, pieds nus et vêtue à la diable comme toujours. Enzo fit semblant d'être intéressé par *Inspecteur Derrick*, ce qui était assez peu crédible. Aria s'accroupit sur le canapé :

– Tu as deux minutes ou c'est trop passionnant ?

Enzo coupa le son. L'angoisse le prit à la gorge. Il sentait la chaleur de sa peau aussi nettement que s'il l'étreignait.

– Simple va rentrer, chuchota Aria. Je me disais qu'on pourrait proposer à Kléber de l'aider. Si chacun de nous faisait un geste, Simple pourrait rester. Tu ne crois pas ?

– Si.

Il pouvait à peine desserrer les dents.

– Au fait, tu as continué ton roman ?

– Oui.

– Tu me feras lire ?

Il songea à tout ce qu'il faisait endurer à Emma depuis cinquante pages et ricana.

– Ça veut dire quoi ?

– Ça veut dire : je t'emmerde.

– T'es sympa.

Si près, si loin. Entre leurs corps, l'épée du roi Marc.

– À quoi tu penses ? chuchota Aria.

– À Tristan et Iseult.

– Tu m'aimes… à la passion ? dit-elle avec un rire de gorge.

– Tu le sais.

– Et Stéphanie ?

Il haussa les épaules sans daigner répondre.

– Emmanuel m'a proposé de l'épouser, figure-toi.
– Super.
– J'ai dit que j'allais réfléchir.
– Et moi, Aria…
– Toi ?
– Tu veux m'épouser ?

Ils entendirent tourner dans la serrure la clef de Kléber. Aria voulut en profiter pour se sauver. Enzo la retint durement par le bras :

– Tu me réponds ?
– Non.

Il perdit la tête :

– T'es une salope, une allumeuse !

Il se prit un coup de poing, mais il le rendit. Ils s'empoignèrent et la lumière jaillit du plafonnier.

– C'est pas bien, la bagarre.

Aria sauta au cou de Simple :

– Je suis contente que tu sois là !

Simple la repoussa et lui montra Enzo du doigt :

– C'est lui, il faut faire des bisous à lui. T'es pas gentille.

– C'est juste ce que je viens de dire, fit Enzo en renfonçant sa chemise dans son pantalon.

Attiré par les voix, Corentin sortit de sa chambre.

– Alors, comment va monsieur Pinpin ? demanda-t-il, tout content de retrouver l'idiot.

– Il a plus ses œils, répondit Simple en tendant le lapin à Aria.

Devant la peluche aveugle, les jeunes gens gardèrent un silence consterné. Corentin se racla la gorge :

– Dis donc, Kléber, on pourrait peut-être s'organiser pour garder Simple ?

– Le lundi et le mardi, je glande, ajouta Enzo.

– Le samedi, je suis souvent là, dit Aria.

– Moi, le dimanche, en principe, je drague les filles aux Tuileries, fit Corentin. Mais, vu mon succès, je peux emmener Simple.

– Si ça se trouve, ça marchera mieux, remarqua Enzo.

Kléber se mit à rire, les larmes aux yeux. Emmanuel, enfin sorti de son ordinateur, proposa de boire un coup au retour de Simple. Aria alla chercher de quoi recoudre les yeux de monsieur Pinpin. Quand elle eut fini :

– Coucou ! fit-elle en lui agitant les oreilles.

Elle rendit la peluche à Simple et voulut l'embrasser une nouvelle fois. Il la repoussa, l'air fâché :

– Mais fais pas des bisous à moi. C'est lui, ton amoureux.

Il pointa Enzo du doigt.

– C'est parfait, dit Emmanuel en désertant le salon. Même Simple s'en aperçoit.

Quand Kléber conduisit Simple chez Zahra, le lendemain, il trouva toute la famille sur le pied de guerre. Maman Yasmine avait fait des pâtisseries, papa Larbi avait sorti son vieux narguilé pour amuser Simple, les filles avaient rassemblé leurs jouets, Djemilah s'était sournoisement maquillée, Leïla s'était passé trois couches de gloss fraise sur les lèvres et Amira s'était déguisée en fée bleue.

– C'est trop de beauté, dit Simple, provoquant un éclat de rire général.

– Monsieur Pinpin ! Monsieur Pinpin ! réclamèrent les plus petites.

Simple fit la moue, regarda au plafond, se dandina, laissant Kléber ébahi devant tant de simagrées. Pour finir, il plongea la main dans la poche, ouvrit des yeux effarés, dit sur un ton d'angoisse :

– Il est parti.

Tout le monde eut très peur.

– Coucou ! hurla Simple en brandissant son lapin par les oreilles.

Tout le monde applaudit. Amira embrassa monsieur Pinpin et le porta en triomphe sur sa tête jusqu'à la salle à manger où le goûter attendait.

– Tu restes ? demanda timidement Zahra à Kléber.

– Non… je… non.

Il avait rancard avec Béatrice. Il regrettait presque de ne pas manger les bons gâteaux. Mais il avait quelque espoir d'obtenir enfin ce qu'il désirait tant.

– J'en aurai pas pour longtemps, dit-il en rougissant.

Ce en quoi il se vantait. Il passa la fin de l'après-midi en bavardages et pelotages, sans avancée significative.

– C'est déjà ? fit Simple quand son frère vint le rechercher.

– Désolé, ronchonna Kléber.

– Vous restez pour les *mezze* ? proposa maman Yasmine qui avait cuisiné toute la journée.

– Oui, oui ! le supplièrent les petites filles.

– Il faut profiter des bonnes choses de la vie, lui dit papa Larbi. « Tout bien qui t'arrive vient de Dieu. » C'est dans le Coran.

Kléber accepta l'invitation sans se douter que papa Larbi avait l'intention de l'étudier. À plusieurs reprises, au cours du repas, il adressa à sa femme un hochement de tête. Le garçon lui semblait bien élevé. Il aimait la cuisine libanaise. Il servait son frère avant de se servir. Et papa Larbi hochait la tête. Bien, ça, bien. Zahra avait honte. Comment faire comprendre à ses parents qu'elle aimait Kléber mais que Kléber ne l'aimait pas ?

Après le dîner, Zahra raccompagna les deux frères sur le pas de la porte. Un signe de Djemilah avait suffi pour que tous les autres restent au salon.

– Simple peut revenir quand il veut, dit Zahra, la voix tremblante. C'est sa maison, ici.

Kléber la remercia poliment et l'embrassa sur les deux joues. Zahra aurait voulu ajouter : « C'est ta maison aussi », mais ses lèvres restèrent muettes.

– Elle est gentille, Zahra, dit Simple dans l'escalier.

– Mouais, fit Kléber.

Il savait que Zahra était amoureuse de lui. Mais il verrait ça plus tard.

– Béatrice, elle est méchante, ajouta Simple.

– C'est pas aussi simple que ça.

– C'est moi, Simple.

– Eh bien, moi, je m'appelle Compliqué.

Le dimanche matin, Corentin emmena Simple faire du jogging. Il revint tout essoufflé :

– C'est pas drôle. Corentin, il courait tout le temps. Je pouvais pas l'attraper.

Après le déjeuner, Simple joua dans le salon tandis qu'Enzo écrivait. Comme au bon vieux temps. Aria et Emmanuel disparurent toute la journée. En fin d'après-midi, Corentin et Enzo demandèrent à Kléber la permission d'aller au ciné.

– Mais vous faites ce que vous voulez !

– Tu… tu ne remets pas Simple à Malicroix ? bredouilla Corentin.

– Jamais.

Peu avant le dîner, Kléber s'aperçut qu'il n'y avait pas de pain.

– Je descends à la boulangerie. Tu viens avec moi, Simple ?

– Monsieur Pinpin, il a mal aux pieds.

– O.K.

La première boulangerie était fermée. Le destin tient à peu de chose. Kléber dut aller plus loin. Sur le chemin du retour, il se sentit soudain inquiet. Il accéléra le pas, monta vite les marches.

– Simple, j'ai le pain ! Simple ?

Sur la table de la salle à manger, il y avait un Post-it griffonné. Kléber reconnut l'écriture de son père :

« Finalement, je suis passé prendre Simple. Je constate que tu le laisses sans surveillance. Il serait mieux à Malicroix, le week-end. »

Chapitre 12
Où monsieur Pinpin prend la clef des champs

Monsieur Maluri avait voulu éviter une scène pénible à Kléber. Mais Simple n'eut aucune réaction en arrivant à Malicroix. Il semblait indifférent, comme retiré au fond de lui-même. « Il y a du progrès », se dit monsieur Maluri. Dès qu'il fut reparti, Simple posa sa peluche sur l'oreiller, puis alla chercher ses ciseaux d'écolier.

– Tu vas encore me crever les œils ?

– Faut pas que tu voies ça.

– Oui, mais je fais comment pour pleurer ? demanda monsieur Pinpin.

Simple réfléchit un moment en jouant avec ses ciseaux. C'était une bonne question. Il s'assit sur le lit et, appuyant sa tête contre le mur, laissa deux larmes couler.

– Kléber, c'est un salaud, dit monsieur Pinpin.

Mais tous, tous, ils avaient trahi, Enzo, Aria, Corentin, Zahra. Tous, ils l'abandonnaient. Et Kléber. Surtout Kléber.

– Madame Tabouré ! cria une voix au loin.

Simple se leva d'un bond et ouvrit sa porte. La vieille dame était là, se tenant au mur.

– Viens, la viève dame, chuchota Simple. Viens te cacher.

La vieille dame entra sans façons.

– Madame Tabouré ! cria la surveillante d'étage.

– Non mais, ce qu'elle peut être fatigante, dit l'incorrigible fugueuse, prenant Simple à témoin.

– Elle te trouvera pas.

Simple mit un doigt sur ses lèvres. Tous deux écoutèrent décroître les pas de la surveillante.

– Pourquoi tu as un nom de chaise ? demanda alors Simple.

La vieille dame ne parut pas étonnée.

– C'est du côté de mon mari. Mon mari était un Tabouré.

Simple eut un grand sourire de plaisir à cette idée.

– Et tu as des enfants ?

– Un grand fils. Mais il est méchant. Il m'a enfermée ici.

– Moi, c'est mon frère.

– Mais je me sauverai.

– Moi aussi. Mais je vais pas sauver dans l'escalier. Moi, je sauve dans la rue, moi.

– Ah ?

– Tu veux sauver avec moi, la viève dame ?

Madame Tabouré parut rassembler ce qui lui restait de sens pratique.

– Je pourrai pas marcher loin. Vous êtes jeune, vous. Quel âge vous avez ?

– Douze ans.

– C'est jeune, fit pensivement madame Tabouré.

Pendant ce temps, la surveillante d'étage commençait à s'inquiéter. D'habitude, la vieille toquée, comme elle l'appelait, n'allait pas au-delà du troisième étage. Mais même le couloir du quatrième était désert. Où était-elle passée ? La surveillante d'étage redescendit à l'accueil.

– Dis donc, tu fais gaffe, dit-elle à sa collègue. Je retrouve pas la mère Tabouré. Tu la laisses pas filer.

Dans la chambre 212, la fugue de Simple s'organisait.

– Avez-vous des sous ? demanda la vieille dame. Parce que, dans la vie, il en faut beaucoup.

Cette nouvelle contraria Simple. Mais madame Tabouré sortit de sa poche quelques euros enveloppés dans un billet faisant aumônière.

– Des sous en billet ! s'émerveilla Simple.

Ce cadeau lui donna une idée.

– Je vais faire monsieur Mutchbinguen.

Il passa son costume et madame Tabouré lui fit un nœud à sa cravate. Dans une poche, il enfonça monsieur Pinpin. Dans l'autre, il mit le vérolair.

– Alors, tu viens pas ?

– Une autre fois, dit la vieille dame. Est-ce que je peux garder votre chambre en attendant ? Il y a mon grand-père dans la mienne et il fume la pipe.

– Je te donne ma chambre, madame Tabouret.

Pendant que se faisait cet arrangement en toute simplicité, un certain énervement gagnait le personnel de Malicroix. Tout le monde cherchait la fugueuse. Simple quitta sa chambre, descendit l'escalier et se retrouva dans le hall sans que personne s'en inquiète.

– Vous vous dépêchez de sortir, monsieur, fit distraitement la dame de l'accueil, on va fermer.

Simple ne se le fit pas dire deux fois. Il courut presque à la porte. Une fois dans la rue, il eut un sursaut de surprise. Il faisait nuit.

– Y a des lampes, se rassura-t-il en observant les réverbères.

Il s'avança et, pour trouver son chemin, il énuméra ce qu'il avait vu, la fois précédente : « les arbres, les chevals en statue, la boulangerie de gâteaux. »

– J'ai faim, moi.

Son père n'avait pas songé à lui demander s'il avait dîné. Un coin de trottoir animé retint son attention. Il y avait un vernissage dans une galerie de peinture. Comme il faisait doux pour la saison, les gens entraient et sortaient, un verre à la main. Simple colla son visage à la vitrine.

– Des apétirifs !

Monsieur Mutchbinguen se dirigea droit vers le buffet. Une dame y était sérieusement à l'ouvrage et Simple lui adressa un sourire d'encouragement. Il prit un toast au saumon, l'éplucha et posa le bout de saumon sur le rebord du plateau. La dame, qui le regardait faire, en resta interdite. Simple goba le petit bout de pain, puis il s'empara des cacahuètes salées et alla regarder les tableaux tout en piochant dans le bol.

Deux amateurs éclairés étaient en train d'examiner une toile de monsieur N'Guyen Tuan.

– Je préfère sa période verte. Il a fait des choses démentes avec du lichen. Là, c'est bien, mais c'est plus…

– C'est plus consensuel.

Les deux amateurs éclairés remarquèrent la forte présence de monsieur Mutchbinguen, qui regardait la toile d'un air critique. Ils attendirent l'oracle qu'allait prononcer cette autorité.

– Moi, je fais des lapins, dit Simple.

Les deux messieurs toussotèrent puis suivirent Simple du regard.

– Ah, merci, le jus d'orange !

Un serveur passait, portant un plateau.

– C'est du planteur, monsieur.

– Je connais, dit Simple, ça tourne la tête.

Il but ce qui s'avéra un jus d'orange peu alcoolisé, puis alla rendre le verre au garçon.

– Merci, monsieur. Mais t'es un menteur, c'est pas du planteur.

Peu à peu, les regards convergèrent vers Simple. Lui allait d'un groupe à l'autre, souriant avec bonhomie. Il se joignit à un cercle de dames qui papotaient à mi-voix.

– J'aime surtout ses nus de femme des débuts, dit l'une.

– Je crois que sa femme aimait moins, dit l'autre en riant. C'est un chaud lapin…

À ce mot, Simple eut un sourire de malice et plongea la main dans sa poche.

– Coucou, dit-il.

Ces dames baissèrent les yeux sur les deux oreilles qui s'agitaient au sortir de la poche.

– C'est qui ? dit Simple.

Il laissa passer un temps de suspense puis brandit son lapin par les oreilles :

– C'est monsieur Pinpin !

Ces dames s'éparpillèrent. Puis, comme les amis et connaissances de monsieur N'Guyen Tuan préféraient le consensus à la démence, les deux serveurs prirent Simple chacun par un bras et le poussèrent dans la rue. Simple s'éloigna sans avoir rien compris, sinon que tous ces gens n'aimaient pas les lapins.

– On s'en fiche, se consola monsieur Pinpin. Nous, on va à Paris.

Ils étaient devant la gare.

– Faut le quicket.

– On saute la barrière, dit monsieur Pinpin. Hop ! C'est pas haut.

Simple suivit le conseil de monsieur Pinpin, monta sans ticket dans n'importe quel train et se retrouva à la station Châtelet.

– C'est là, dit-il au hasard.

Quand il se retrouva en pleine nuit, en pleine ville, le sentiment de sa petitesse l'étreignit.

– C'est monsieur Mutchbinguen… Il va à Paris.

Il s'approcha d'un groupe de jeunes un peu éméchés, qui parlaient fort en écorchant tous les mots.

– Pardon, bonjour, ça va, dit Simple, bien appliqué. C'est où, Paris, s'il te plaît ?

Les gars eurent un gros rire niais.

– C'est quoi, ce paumé ? T'as perdu ta mère ?

– T'as pas dix euros en trop ?

– C'est des sous, des euros ? demanda Simple.

Les quolibets se mirent à pleuvoir :

– Il a deux de Q.I. !

– T'as vu cette tête de débile ?

– Et il reste à sourire comme un con !

Le sourire s'effaça du visage de Simple. Il voulut passer son chemin mais un des types l'attrapa au collet :

– T'es sûr que t'as pas dix euros ? Cherche bien dans tes poches.

La colère monta en gros bouillons du cœur de Simple à son cerveau.

– Moi, j'ai mon couteau ! Je fais la guerre !

Un autre type sortit son cran d'arrêt :

– Laisse-le-moi, dit-il à celui qui maintenait Simple.

– J'ai mon vérolair ! cria Simple en dégainant.

– Putain, il est armé !

Le voyou relâcha sa prise et Simple en profita pour se dégager. Il courut sans regarder où il allait, il enfila les rues, les ruelles. Parfois, il gémissait : « Kléber. » Quand il ralentit le pas, il était place de la République.

Il regarda autour de lui et murmura, découragé :

– C'est pas Paris.

Il marcha parce qu'il ne savait pas quoi faire d'autre. Sa colère était retombée, laissant en lui un grand désert glacé. Il fit le chemin en sens inverse par d'autres rues. La faim lui tiraillait l'estomac. Il rêvait devant les magasins d'alimentation encore ouverts, il salivait dans les effluves des fast-foods. Enfin, il s'arrêta devant un restaurant où un hippopotame lui faisait signe d'entrer. À l'intérieur, une hôtesse en jupe noire et chemisier blanc attendait de placer les clients.

– Vous êtes seul, monsieur ?

Jenny faisait son premier stage dans l'hôtellerie. Elle était un peu intimidée.

– Non, je suis avec monsieur Pinpin.

– Ah ? Vous êtes deux... Si vous voulez bien me suivre ? récita-t-elle, comme on le lui avait appris au lycée hôtelier.

– Où on va ?

– Fumeurs ou non-fumeurs ?

La question inquiéta Simple.

– C'est pas moi, c'est monsieur Pinpin.

– Il ne fume pas ? supposa Jenny.

– Non. Il vomit.

Elle haussa les sourcils, la réponse ne lui paraissant pas répertoriée, et plaça son étrange client dans la zone non-fumeurs.

– Vous préférez attendre votre ami pour commander ?

– C'est Kléber qui commande.

– Ah ? Vous serez trois ?

– Douze.

Jenny sentit que sa formation ne lui permettait pas encore de faire face à toutes les situations.

– Excusez-moi. Je reviens.

Simple sortit monsieur Pinpin de sa poche, lui noua une serviette autour du cou et l'installa derrière une assiette. Puis il se leva pour prendre un morceau de pain à la table voisine. Le dîneur sursauta :

– Ne vous gênez pas !

– T'en as encore plein ! riposta Simple, en lui montrant la bannette.

Il mordillait le croûton quand le maître d'hôtel s'approcha de lui.

– Monsieur Pinpin, il a faim, lui dit-il en montrant sa peluche attablée.

– Oui… Excusez-moi. Je vais vous demander de bien vouloir vous en aller.

– Chez fumeur ?

– Dehors.

– Mais j'ai pas mangé, moi.

– Dehors ! répéta le maître d'hôtel.

Le ton était devenu menaçant. Les clients alentour observaient la scène.

– Tous les fous ne sont pas enfermés, dit le voisin de table.

Simple attrapa monsieur Pinpin et gagna la sortie en courant. La vérité se faisait jour en pleine nuit : ce n'étaient pas les lapins que les gens n'aimaient pas. C'était lui.

À la coloc, le lundi matin, Simple ne fut pas au centre des préoccupations de chacun. Emmanuel annonça son départ à Enzo et Corentin.

– Vous quittez la coloc ? demanda Corentin, très surpris de ce que sa sœur ne lui ait rien dit.

– Je quitte la coloc, rectifia Emmanuel. Pour le moment, je retourne chez mes parents. Je suppose que vous vous en foutez.

Il appuya son regard sur Enzo.

– Je vais chercher un studio. Aria devrait m'y rejoindre.

Enzo ne broncha pas. Mais, dès qu'il le put, il se rua chez monsieur Villededieu.

– Georges !

– Elle a dit oui ?

– Non. Pas encore.

Enzo était devenu le feuilleton favori du vieux voisin. Quand il sut qu'Emmanuel s'en allait, il poussa un hourra de victoire.

– Non mais attendez, ça veut peut-être rien dire. Il met la pression à Aria.

– Faites-en autant.

– Comment ?

Georges réfléchit. Toutes les bonnes vieilles méthodes, la photo de la rivale qu'on laisse traîner ou le chantage au suicide, lui paraissaient désormais indignes de son jeune ami.

– Enzo, vous avez terminé votre roman ?

– Pas tout à fait.

– Finissez-le et donnez-le à votre Aria. Mais attention, il faut le *happy end*, comme disent les Ricains. Lorenzo propose le mariage à Emma et elle dit oui.

Enzo grimaça.

– Ça fait un peu tartignole.

– Écoutez-moi, mon garçon, je ne lis pas *Marie-Claire*, mais je peux vous dire une chose. L'amour, c'est un peu tartignole.

Enzo remonta chez lui, tout content. Il entrevoyait la fin de son roman. Il écrivit pendant une bonne heure, seul dans l'appartement. Puis le téléphone sonna.

– Allô, c'est madame Bardoux, des services sociaux. J'aurais voulu parler à Kléber.

– Il est au lycée. Qu'est-ce que vous lui voulez encore ?

– Il faut le prévenir. Son frère a disparu.

La nouvelle laissa Kléber abasourdi. Le personnel de Malicroix s'était aperçu de la disparition de Simple à l'heure de la toilette matinale. À sa place, dans son lit, dormait une vieille dame qu'on avait cherchée toute la nuit. Quant à Simple, il s'était enfui.

– Il n'a pas pu aller loin, dit Enzo. Sans argent. Et il ne sait pas s'orienter.

Kléber écoutait, les yeux agrandis par l'effroi.

– C'est horrible, murmura-t-il. C'est… c'est comme un enfant. Il a trois ans, Enzo.

– Calme-toi. On va le retrouver. Ils ont prévenu ton père. Ils vont faire des recherches. Il ne passe pas inaperçu, ton frère.

Madame Bardoux avait promis de rappeler dès qu'on aurait des nouvelles. Mais l'après-midi s'écoula sans rien d'autre qu'un coup de fil de monsieur Maluri qui menaçait de faire un procès à Malicroix s'il arrivait quelque chose à son fils.

Aria, Corentin et Enzo tinrent compagnie à Kléber. L'attente devenait insupportable.

– Va faire un tour, l'encouragea Corentin. Si on a du nouveau, on te joint sur ton portable.

Kléber courut à la sortie du lycée pour mettre Zahra au courant.

– Ah, te voilà ! dit Béatrice. On t'a vu filer comme un lapin à midi.

Le mot « lapin » fit monter des larmes aux yeux de Kléber.

– Ça ne va pas ?

– C'est mon frère…

– Encore ! Mais il ne va jamais te laisser tranquille…

Kléber aperçut alors Zahra. Il planta Béatrice sans plus de façons.

– Zahra !

Ils partirent ensemble et Kléber put vider son cœur. Il se sentait coupable. Il n'aurait pas dû permettre qu'on remît Simple à Malicroix. S'il arrivait quelque chose à son frère, il ne se le pardonnerait pas.

– Tu es croyant ?

– Ça dépend des jours.

– Demande-Lui de te rendre ton frère.

– Je ne crois pas que Dieu intervienne dans la vie des gens. C'est une idée enfantine.

– Demande à Dieu qu'Il te rende Simple.

– Mon Dieu, rendez-moi Simple, dit Kléber.

Il eut un rire chargé de larmes :

– Moi qui suis si compliqué…

Pendant ce temps, Enzo et Corentin couvaient le téléphone des yeux.

– C'est bizarre, la vie, philosopha Corentin. Il y a quinze jours, Simple me tapait sur les nerfs. Maintenant, c'est comme un frère. Putain, si on le retrouve pas…

– Tu es remontant, toi, grogna Enzo.

Soudain, la porte d'entrée claqua. Ils crurent que c'était Kléber. Mais Emmanuel passa devant le salon sans s'arrêter.

– Il vient reprendre des affaires, commenta Corentin.

Une demi-heure plus tard, Emmanuel n'était toujours pas ressorti de la chambre où se trouvait Aria. « Il lui met la pression », songea Enzo. Quand Kléber rentra, il ne put lui apporter qu'un soutien distrait. Il était aux aguets. Il espérait entendre des éclats de voix. Une bonne dispute. « Fous le camp, fous le camp », se disait-il, espérant chasser Emmanuel par la pensée. Kléber alla s'effondrer sur son lit en se répétant mentalement : « Reviens, reviens. »

La nuit descendit sur terre et dans les âmes. Kléber n'avait jamais connu une telle angoisse. Emmanuel quitta l'appartement. Seul.

Enzo bondit du canapé et se faufila jusqu'à la porte d'Aria. Il écouta, il crut l'entendre pleurer. Il n'était pas sûr. Il toqua. Elle était sur le lit, la tête dans l'oreiller. Elle se tourna vers Enzo. Oui, elle pleurait.

– Mais fous le camp, toi ! J'ai pas besoin de toi !

– Excuse-moi, bredouilla Enzo. Je ne voulais pas…

Il referma la porte, le cœur aux abois. Il eut envie d'aller chercher de l'aide chez son vieux voisin. Mais il n'osa pas à cause de Simple. Retrouver Simple d'abord.

Simple avait parcouru Paris du nord au sud, de l'est à l'ouest. Toute la journée, il avait marché sans manger, sans boire. Il avait un peu dormi sur un banc. Il cherchait Paris où habitait Kléber. Il pleurait quelquefois. Il voulait mourir, mais ne savait pas comment s'y prendre. Monsieur Pinpin s'était ratatiné au fond de sa poche.

– C'est la nuit, remarqua Simple, bien qu'elle fût tombée depuis longtemps.

Il était dans son quartier mais ne le reconnaissait pas. Il s'arrêta devant l'hôtel du Vieux Cardinal. « Chambres à louer à la semaine », annonçait une pancarte. Simple ne savait pas lire, mais les taches de rouille sur la pancarte s'associaient dans son souvenir à son frère.

– Tu cherches l'amour, mon lapin ? fit une voix embrumée par la fumée des cigarettes.

En d'autres temps, Simple aurait brandi monsieur Pinpin. Mais il se contenta de tourniquer les oreilles du lapin au fond de sa poche. La fille qui s'accotait à la porte tenta de ferrer solidement son client.

– Comment tu t'appelles ?

– Je suis monsieur Mutchbinguen.

La fille renversa la tête pour rire plus à l'aise.

– T'as pas un petit nom ?

Simple réfléchit :

– C'est Mutch.

Une autre fille sortit de l'hôtel de passe et avisa Simple.

– Ah ? T'as du monde... Bonsoir, mon chou.

– C'est Mutch, dit Simple.

Les deux filles s'entre-regardèrent. Le garçon avait l'air dématé. Avait-il de l'argent ? La nouvelle arrivée lui mit les bras autour du cou.

– Tu veux quoi ?

– Mon frère.

Elle défit brusquement le collier de ses bras et se tourna vers sa copine :

– Dis donc, il est idiot.

– Déficient mental, rectifia Simple.

– On va pas aller loin avec ça, fit la première, la moue dégoûtée.

– Ça dépend, dit l'autre.

Elle revint vers Simple :

– Tu as de l'argent ?

Simple avait appris la méfiance. Il fit non de la tête.

– Kléber, il a des sous. Il est à Paris.

Ses lèvres tremblèrent.

– Tu sais c'est où, Paris ?

– Il est perdu, commenta la fille. Hein, t'es perdu ?

Simple fit oui de la tête. Quelque chose commençait à s'émouvoir dans le cœur des deux filles. Elles entourèrent Simple.

– Tu as des papiers ?

Simple parut surpris, fouilla une poche et sortit un vieux papier de Carambar. Elles rirent, plus émues qu'elles ne l'auraient cru.

– Attends, laisse-toi faire, lui dit celle qui l'avait harponné, une blonde un peu fanée sous les fards.

Elle fouilla l'autre poche, qui était trouée et dans laquelle s'enfonçait monsieur Pinpin comme un lapin dans son terrier.

– C'est quoi, ça ? dit la blonde en tirant les oreilles.

– C'est monsieur Pinpin, marmonna Simple.

La fille secoua la tête comme pour dire : « Non mais quel débile ! » Elle tendit la peluche à sa copine :

– Tiens-moi ça. Je vais fouiller la veste. Mais pleure pas, toi…

Des larmes roulaient sur les joues de Simple. La fille continuait l'inventaire des poches.

– Regarde ça ! Un revolver !

– C'est un faux, dit Simple. Moi, j'ai pas de couteau.

– Il a même du fric. Dix-sept euros.

– Le Pérou, ricana l'autre en allumant une cigarette.

Enfin, la blonde plongea la main dans les poches intérieures de la veste. Simple avait une carte d'identité dans une pochette plastifiée.

– Barnabé Maluri, il s'appelle.

Elle retourna la carte et lut l'adresse de monsieur Maluri :

– Marne-la-Vallée. Il a fait de la route.

Elle donna la carte à sa copine avec l'argent et le revolver. Par acquit de conscience, elle fouilla la dernière poche et en retira un bout de carton où Kléber avait écrit: «Je réponds au nom de Simple. Je suis déficient mental. En cas d'accident, prévenez mon frère au 06...»

Sans un mot, la fille tendit la carte à l'autre. Quelque chose l'envahissait qui ressemblait à un chagrin d'enfance. Du revers de la main, elle essuya les joues de Simple.

– Pleure pas, je t'ai dit. On va appeler ton frère. T'es d'accord?

Simple fit oui de la tête puis il montra monsieur Pinpin du doigt, timidement:

– Je peux le ravoir?

Les deux filles remirent tout en place dans les poches et lui collèrent le lapin dans les mains.

– J'appelle, dit la blonde en sortant son portable.

Kléber s'était assoupi dans un fauteuil. La sonnerie de son portable le fit tressauter.

– Allô, oui? Oui, je suis Kléber.

– On a votre frère, dit une voix féminine, étrangement voilée.

– Simple? Où?

– À l'hôtel du Vieux Cardinal, je vous explique où c'est...

– C'est pas la peine! Je sais. Je suis là dans deux minutes. Oh, mon Dieu!

Il courut à la porte, se jeta dans l'escalier, courut dans la rue.

– Oh, putain, fit-il entre ses dents.

Il était là entre deux filles, son lapin dans les mains.

– Simple! Simple!

Kléber l'étreignit en répétant:

– Oh, mon Dieu! Oh, putain...

Enfin, il parvint à se calmer. Il regarda les deux prostituées.

– Je ne sais pas comment vous remercier.

– T'as besoin de rien d'autre ? blagua la blonde.

– Non, merci, ça va…

Les deux frères remontèrent la rue du Cardinal-Lemoine en se donnant la main.

– Moi, j'ai faim, dit Simple tout bas.

Ses jambes pouvaient à peine le porter.

Chapitre 13
Où meurt monsieur Pinpin

– C'est le choc.

Le médecin ne put rien trouver d'autre pour expliquer les hallucinations qui s'emparèrent de Simple trois jours durant. Les colocs se relayèrent pour veiller sur lui, et un matin ce fut le tour de Corentin. Il jeta un coup d'œil à Simple qui semblait dormir puis s'assit dans le fauteuil.

– C'est où qu'il est, monsieur Pinpin ?

Corentin bondit de son siège, comme s'il venait de s'y piquer. Simple s'était redressé, plus hirsute que jamais, le bleu de ses yeux enflammant la paille de ses cheveux.

– Comment tu vas, mon vieux ? Tu me reconnais ? Corentin ?

– Où qu'il est, monsieur Pinpin ?

Corentin attrapa sur l'étagère la peluche toute décatie. Simple la prit et la posa devant lui. Une étrange tristesse se lisait sur son visage.

– Pourquoi les gens, ils sont méchants avec monsieur Pinpin ?

Simple avait le don de bouleverser Corentin. Il commença par détourner la tête pour s'essuyer les yeux.

– C'est pas... c'est pas vraiment qu'ils sont méchants. Mais les gens ne comprennent pas bien monsieur Pinpin. Il est... il est trop différent d'eux. Avec ses grandes oreilles et... euh... ses moustaches. Enfin, tu vois, c'est un lapin...

– Un lapin qui parle, l'aida Simple.

– Oui, c'est ça. Les gens, ça les étonne, ça leur fait un peu peur.

Simple soupira :

– C'est compliqué.

– Eh bien, reste Simple. Les gens, on s'en fout.

– Oh, oh, vilain mot.

Corentin courut prévenir Enzo au salon :

– Il est guéri !

– Ce sont des choses qui arrivent.

C'est tout ce que madame Bardoux sut dire de la fugue de Simple.

– Vous savez, il y a des établissements où on attache les gens à leur lit. Ce n'est pas mieux. Je pense tout de même que Malicroix est, disons, un moindre mal.

– Je veux du bien à mon frère, répondit Kléber.

Il était de nouveau dans le petit bureau cerné d'armoires métalliques.

– Nous voulons tous du bien à Simple, mais il ne faut pas que ce soit à votre détriment.

Kléber haussa le ton :

– Je suis heureux avec Simple.

– Mais songez à la responsabilité de tous les instants qui vous incombe. Vous êtes mineur…

Kléber se mit à rire :

– Dans dix jours, vous aurez un adulte en face de vous.

Madame Bardoux fit un signe de tête complice, mais ne voulut pas céder trop vite.

– Vous avez l'idéalisme de la jeunesse. Ne croyez pas que je veuille à tout prix le contrarier. Je sais, parce que j'ai une certaine expérience de ces situations, je sais que le dévouement a un coût très élevé. Simple est totalement dépendant. Pensez qu'un jour vous souhaiterez vous marier, avoir des enfants…

Kléber sourit en songeant aux petites filles de papa Larbi :

– Mes enfants aimeront Simple parce que Simple est un enfant.

Le regard de Kléber s'illumina. Il semblait défier toute la médiocrité du monde et madame Bardoux baissa les yeux.

– J'ai fait ce que j'ai pu pour vous aider, Kléber. J'ai pensé bien faire…

– Et je vous remercie.

À la coloc, Aria prévint son frère qu'elle allait passer quelques jours à Paimpol chez leurs parents.

– Mais tes études ?

– Je n'arrive plus à travailler.

Elle semblait très fatiguée. Corentin osa lui demander :

– C'est fini avec Emmanuel ?

– Je crois… Il voulait que je dise oui tout de suite. Que je le suive. Et moi, je ne savais pas… Je ne sais plus…

Elle semblait très triste.

– Tu reviendras pour l'anniversaire de Kléber ?

– J'essaierai, Coco, je ne te promets rien.

Cette nuit-là, Enzo finit son roman. Il profita d'un moment d'absence d'Aria pour entrer dans sa chambre. Il vit la valise ouverte et à moitié pleine. Il y jeta son cahier. Sur la première page, il avait écrit : « Si tu ne m'aimes pas, détruis-le. »

– Tu t'en vas pour toujours ? demanda Simple.

Aria était en train de boucler sa valise.

– Non, Simple. Je vais me reposer un peu chez mon papa et ma maman.

– Moi, ma maman, elle est morte, et mon papa, il m'aime pas.

Aria mit ses bras autour du cou de Simple.

– C'est pas moi, ton amoureux, lui rappela-t-il.

– Je sais. Toi, tu es mon prince.

Elle l'embrassa.

Chez papa Larbi, tout le monde se réjouit du retour de Simple.

– Amira est tellement contente quand elle le voit, dit maman Yasmine.

Son mari hocha la tête, oui, oui, Simple était bien gentil. Mais lui convoitait Kléber. Il avait compris que Zahra l'aimait plus qu'elle n'en était aimée. Kléber avait besoin de mûrir encore et, en attendant qu'il soit à point, il fallait l'empêcher de trop s'éloigner.

– On devrait fêter l'anniversaire de Zahra, dit papa Larbi à brûle-pourpoint.

– Encore ? Mais c'était la semaine dernière.

– Oui, mais on l'a fêté en famille. Les jeunes d'aujourd'hui, ils aiment bien inviter des amis.

– Zahra n'en a pas tellement. À part Simple et Kléber.

Papa Larbi regarda sa femme comme si elle venait de faire une proposition des plus judicieuses :

– Tu as raison. Elle n'a qu'à inviter Kléber et Simple, samedi prochain.

Maman Yasmine ne fut pas dupe.

– Il y a un problème avec Kléber, Larbi.

– Quel problème ? s'inquiéta son mari.

– Il va à la messe.

– Ah ? C'est ça…

Le visage de papa Larbi s'ouvrit d'un large sourire :

– « Les hommes les plus proches des musulmans par l'amitié sont ceux qui disent : nous sommes chrétiens. » C'est dans le Coran.

Kléber fut d'abord très content de l'invitation de Zahra et ensuite bien ennuyé. Car, entretemps, Béatrice s'était invitée à la coloc pour le même samedi. Kléber décida de se partager. De quatorze à seize heures, il serait avec Zahra ; de seize à dix-huit heures avec Béatrice. Les bons sentiments pour Zahra ; le reste avec Béatrice.

Le jour dit, Simple passa la tenue de monsieur Mutchbinguen et, à son cou, un nœud papillon qui semblait battre encore des ailes. Dans le salon, Enzo, Corentin et Kléber se réjouirent en silence à sa vue, les cheveux en bataille et les yeux étincelants, la veste de guingois et les poches gonflées de bricoles.

– Je suis prêt.

Chez papa Larbi, l'accueil fut triomphal.

– J'aime trop les filles, dit Simple, oubliant ses anciennes préventions.

Kléber attira Zahra à l'écart :

– Je vais devoir partir avant seize heures. J'ai un rendez-vous avec les services sociaux. Rien de grave, des papiers à signer pour Simple…

Il mentait si mal que Zahra faillit lui demander si les services sociaux avaient du poil sous les bras. Mais l'instinct féminin l'avertit de s'y prendre autrement.

– C'est dommage, dit-elle. Mais bon, l'important, c'est que Simple puisse rester avec nous tout l'après-midi.

Kléber se sentit très vexé. La mine maussade, il se rapprocha du cercle de filles dont son frère était le centre.

– Je parle une autre langue, lui dit Simple, en se rengorgeant.

Les petites étaient en train d'apprendre le langage des signes à Simple et à monsieur Pinpin. Kléber continua de faire la tête pendant quelques minutes. Puis il eut envie d'apprendre à dire « je t'aime » à la façon des sourds-muets. Zahra lui montra comment faire, en posant la main bien à plat sur son ventre et en l'élevant vers son cœur.

– Plus tu éloignes la main de ton corps, plus ton amour est grand, dit-elle en donnant une grande ampleur à son propre geste.

Kléber s'assit en tailleur avec toutes les filles de papa Larbi et laissa parler ses mains. Il sursauta quand il vit que sa montre indiquait 15 h 40. Il quitta l'assemblée à la va-vite et s'aperçut, une fois dans la rue, qu'il serait en avance. Il ralentit le pas et, en passant devant l'église qui était sa paroisse, il se demanda si elle était ouverte. L'une des portes de côté lui permit d'entrer. L'ombre fraîche des églises lui tomba sur le cœur.

Il plongea la main dans le bénitier et se signa. C'était un geste qui lui venait de l'enfance, du temps où maman était en vie. À sa mort, Kléber avait quatorze ans. Elle lui avait dit :

– Veille sur ton frère. Moi, de là-haut, je veillerai sur toi.

Il alla droit vers la statue de sainte Thérèse de l'Enfant Jésus. Il mit deux euros dans le tronc, les écouta tinter sur les autres pièces, prit un cierge, un gros, et l'approcha d'une flamme. Une voix s'éleva en lui :

– Laisse Simple allumer la lumière !

Et il se revit, lui, le cadet, cédant à l'aîné le privilège d'enflammer la bougie. Car le petit était le grand et le grand était le petit.

– Maman, dit-il en regardant la statue.

En repartant par l'allée latérale, il aperçut le confessionnal dont monsieur Pinpin s'était fait une grotte, un dimanche. Il lui vint l'envie impérieuse de s'y réfugier un instant. Il se glissa derrière le rideau qui cache au monde le pénitent et s'agenouilla, des frissons lui courant sur la peau.

Quand il quitta l'église, seize heures étaient passées depuis longtemps. Si Béatrice était tombée sur Corentin, elle avait sûrement appris que Kléber était invité chez Zahra. Si elle avait été reçue par Enzo, il l'aurait embrouillée. Mais, d'une façon ou d'une autre, l'heure était passée. « Je suis vraiment compliqué », se dit Kléber en remontant chez Zahra.

– Déjà ? s'étonna Simple.

Mais il n'y eut pas d'autre commentaire et, cette fois, Kléber mangea les bons gâteaux. Quand il revint à la coloc, Enzo le héla depuis le salon :

– Y a ta copine, la rousse, qui est passée ! Tu avais rancard avec elle ?

Kléber acquiesça.

– J'ai dit que tu avais dû te rendre en urgence aux services sociaux pour ton frère et que tu t'excusais.

– Merci.

L'anniversaire de Kléber tombait le jour de la Toussaint, un vendredi cette année-là. Le début des vacances fut consacré aux préparatifs de la fête. Kléber voulait entrer dignement dans sa majorité. Il invita Béatrice et Zahra. Zahra lui demanda la permission d'emmener Djemilah.

– Tu invites Stéphanie ? demanda Corentin à son copain.

Enzo lui jeta un mauvais regard et Corentin se rabattit sur le cousin Alexis et sa *girlfriend*.

– Hubert et Jean-Paul, ça, c'est obligé, dit-il encore.

Peu à peu, la liste s'étoffa avec un léger déficit en filles.

– Et Aria ? demanda Enzo d'une petite voix.

Corentin fit une grimace d'incertitude.

– Tu lui as demandé ? s'énerva Enzo.

– Oui, mais…

– Mais quoi ? s'écria Enzo.

– Elle ne sait pas. Le matin, c'est oui. Le soir, c'est non. Je te jure que j'insiste. Il paraît qu'elle est malade.

– Malade de quoi ?

Corentin grimaça de nouveau, au grand risque de se faire assommer par son copain.

– Laissez-lui un peu de temps, le calma monsieur Villedieu. Elle vient de rompre. Elle ne peut pas se jeter à votre tête du jour au lendemain. Ce ne serait pas délicat, pas féminin.

Enzo se massa machinalement l'épaule.

– Aria n'est pas féminine, c'est un diable à ressort !

Cette fois-ci, Simple fut associé aux préparatifs au point qu'il en vint à parler de l'anniversaire de Kléber comme du sien propre.

– Je vais avoir quoi comme cadeau ? demanda-t-il à son frère.

– Qu'est-ce que tu voudrais ?

– Un téphélone, un tévéliseur et un ordonateur.

– C'est un peu cher, tout ça. Une montre, ça t'irait ?

– Ouiiiii !

– Je t'achète le marteau avec ?

Simple comprit la blague et éclata de rire.

– Y a pas de beaud'homme, dit-il.

Il avait beaucoup mûri.

– Je trouve qu'il est de moins en moins question de monsieur Pinpin, remarqua Corentin.

– Simple en a moins besoin, dit Kléber. Il a des amis, maintenant.

Malgré tout, monsieur Pinpin mit ses moustaches dans la mousse au chocolat, faucha des rondelles de carotte, joua avec le mixeur et se fit mille fois rappeler à l'ordre.

– Simple, arrête !

– C'est pas moi, c'est…

Et tous les autres :

– Monsieur Pinpin !

Enfin, le grand soir vint.

– Tu n'es peut-être pas obligé de faire le prince charmant ? dit Kléber.

– C'est monsieur Mutchbinguen, il a quarante-douze ans, c'est son quasitonbrouk.

– Tu n'es peut-être pas obligé de parler une autre langue ?

Les premiers arrivés à la fête furent les inévitables Jean-Paul et Hubert. Ils parlaient fort et disaient un maximum de conneries, bref, ils étaient le fond de sauce sans lequel aucune fête ne prend. Entra ensuite Alexis, très déprimé. Il venait de rompre avec sa *girlfriend*. Enzo jeta un regard courroucé sur son clone moral. Puis il accueillit l'étudiante en médecine qui fréquentait la même fac qu'Emmanuel et Aria.

– J'aurais jamais cru, répéta-t-elle une bonne dizaine de fois à propos de la rupture entre les deux jeunes gens. J'aurais jamais cru.

Enzo eut ensuite la satisfaction d'apprendre qu'Aria envisageait de s'installer avec cette fille et deux autres étudiantes dans un loft du XIe arrondissement. Il se retint pour ne pas descendre en catastrophe annoncer cette nouvelle à monsieur Villededieu.

Peu à peu, le salon et la salle à manger s'animaient. Kléber regardait sa montre toutes les cinq minutes.

– Moi, j'en ai pas de montre, lui rappela discrètement son frère.

Enfin, Béatrice arriva. Elle avait troqué son haut très haut contre un bas très bas que la ceinture rattrapait de justesse.

– Quand même, dit-elle à Kléber, samedi dernier, tu m'as gentiment posé un lapin.

– Coucou ! fit monsieur Pinpin en agitant les oreilles sous son nez.

Béatrice l'écarta d'un geste si méchant que Simple prit la fuite.

– J'avais des choses urgentes à régler, désolé, lui répondit Kléber d'un ton sec. Ah, voilà Zahra !

En effet, Zahra venait d'entrer, talonnée par Djemilah. Elle examina sa rivale et réprima un soupir. N'ayant rien de plus sophistiqué dans son armoire, elle avait remis la petite robe noire asymétrique.

– Tu es super jolie, la complimenta Kléber à voix basse. Et ta sœur, elle a renoncé au foulard ?

Djemilah avait même mis la jupe de Leïla, ce qui lui faisait une mini très mini.

– Elle a réfléchi. La religion, c'est dans le cœur, pas sur la tête.

Kléber approuva et commença à déballer les cadeaux qui s'entassaient près du buffet. Béatrice lui avait offert un caleçon avec une poche pour le préservatif.

– Merci, dit Kléber en l'enroulant à la hâte dans le papier.

Zahra avait trouvé un joli porte-photo.

– Il faudrait ta photo dedans, suggéra Kléber.

Béatrice comprit à ce moment-là qu'elle avait perdu la partie.

– Mais moi, c'est où qu'ils sont, mes cadeaux ? s'inquiéta Simple.

Zahra lui tendit alors un paquet follement enrubanné. Simple l'ouvrit en le déchirant :

– Des habits pour les petits nains !

C'était une toute petite veste et un tout petit pantalon en feutrine noire avec des parements rouges et des boutons dorés, le tout confectionné par maman Yasmine pour masquer l'usure de monsieur Pinpin. Zahra aida Simple à habiller sa peluche puis tout le monde vint s'extasier.

– Monsieur Pinpin, il a un look d'enfer, dit Simple.

– Ça devait arriver, déplora Enzo. À force de fréquenter des jeunes, il parle comme eux.

De son côté, Djemilah avait décidé de ne pas perdre de temps. Après un tour d'horizon, et par élimination, elle avait retenu la candidature de Corentin. Elle dirigea sur lui une première batterie de questions :

– Qu'est-ce que tu fais comme études ? Tu as quel âge ? C'est elle, ta copine ? Tu aimes quoi comme musique ?

Les réponses étant satisfaisantes, elle s'était elle-même présentée comme lycéenne en terminale, envisageant un BTS sanitaire et social. Puis elle but dans le même verre que Corentin pour connaître ses pensées et s'invita avec lui pour le premier slow. Zahra l'observait du coin de l'œil, secrètement épouvantée.

– Dis donc, ta sœur, elle s'est émancipée en peu de temps, remarqua Kléber.

– Elle a quatorze ans…

Kléber décida d'alerter Enzo, faute de mieux.

– Enzo, il faudrait dire à Corentin…

– Je crois pas qu'on puisse dire grand-chose à Corentin tout de suite.

– La fille qui danse avec lui…

– Tu veux parler de celle qui est collée à lui comme une ventouse ?

– Oui. Elle a quatorze ans.

– Ah ? fit Enzo, tout de même surpris.

Mais il se reprit :

– T'en fais pas, Kléber. Corentin, c'est pas un rapide. Quand il se décidera, elle sera majeure.

Il n'y avait rien à tirer d'Enzo un soir comme celui-là. Il décida de lui-même qu'il n'était qu'un rebut de la société et vint échouer sur le canapé à côté de son clone moral, déjà bien imbibé.

– La vie, tu vois, la vie, c'est une saloperie, lui dit Alexis, la voix pâteuse. Et y a… y a qu'une façon d'en guérir, de cette saloperie, une façon !

Il éleva la voix comme si Enzo cherchait à le contredire.

– Non, y en a pas deux. C'est une. Une façon !

À ce moment-là, on sonna à la porte et Enzo ne sut jamais comment on pouvait guérir de la vie. Car Aria fit son entrée au salon.

Tout d'abord, Enzo ne la reconnut pas. Elle était métamorphosée. Coiffée, maquillée, élégante. Une femme. Comme si elle avait voulu faire mesurer à Enzo la distance qui les séparait. Le pas hésitant, il alla vers elle et resta à la regarder sans rien dire.

– Bonsoir, non ? fit-elle avec sa brusquerie d'antan.

– Si on peut dire que ce soir soit bon, répondit Enzo en imitant la voix déprimée de Bourriquet.

– T'es bête…

Elle alla embrasser tout le monde. Et Simple. Surtout Simple.

– Alors, tu es à la fête ?

– C'est mon quasitonbrouk.

– Ça veut dire « anniversaire », traduisit Kléber.

Enzo avait cru que le retour d'Aria le rendrait fou de joie. Et il restait au milieu du salon, un peu ivre et maussade. Il partit s'allonger sur son lit. Il allait s'assoupir, écœuré de tout et surtout de lui, quand on toqua à sa porte. Il se redressa sur les avant-bras et la migraine se mit à cogner entre ses tempes comme le battant d'une cloche.

– Mais quoi ? gueula-t-il.

Aria entra, ferma la porte et s'y appuya.

– Quoi ? répéta Enzo plus doucement.

Elle jeta quelque chose à côté de son oreiller.

– C'est quoi ?

– Tu as de la conversation, ce soir. C'est une disquette.

Il la prit entre ses doigts :

– Et j'en fais quoi ?

– Ce que tu veux. C'est ton roman.

Enzo n'avait pas l'air de comprendre.

– J'ai tapé ton roman, Enzo. Il est sur cette disquette.

– Pourquoi tu as fait ça ?

Elle s'assit sur le bord du lit.

– Parce que je suis amoureuse de ton roman. De tes personnages. De ton héros.

Elle aurait voulu faire durer un peu ce moment de vertige, tout en haut de la falaise. Mais la vague qui montait de son ventre la coucha sur Enzo.

– Aria, Aria, c'est vrai ? C'est moi ? Tu es tellement belle, ce soir. J'osais pas…

– Je suis belle pour toi.

Il l'étreignit en fermant les yeux. Oh, Enzo, Enzo, quel bonheur d'avoir été si malheureux !

– Je t'aime, tu sais pas comme je t'aime !

Elle rit et se mit à le chatouiller. Il rit à son tour. Puis ils se déshabillèrent l'un l'autre de façon brouillonne, tout en se chatouillant.

– Vous faisez l'amour ?

Enzo venait d'ouvrir sa braguette. Il se redressa, haletant. Monsieur Pinpin avait passé la tête par la porte.

– Simple !

– Oui ?

Simple passa la tête à son tour comme si on l'y invitait.

– Tu n'as pas honte ? le gronda Aria.

– Non.

Il agita les oreilles de sa peluche.

– Monsieur Pinpin, il aime voir ça.

À ce moment-là, on entendit la voix de Corentin dans le couloir :

– Bon, Enzo, tu te ramènes, c'est le gâteau !

Finalement, tout le monde se retrouva au salon. On éteignit les lumières et Zahra apporta le gâteau aux dix-huit bougies en chantant :

– Joyeux quasitonbrouk…

Tout le monde reprit avec un infini contentement :

– Joyeux quasitonbrouk, Kléber…

Tout le monde ? Non. Car Béatrice se taisait, les lèvres cousues par la colère. Elle décida de quitter le salon en profitant de la pénombre. Mais au moment de s'en aller, elle aperçut monsieur Pinpin oublié sur le pouf. Il lui semblait avoir un vieux compte à régler avec le lapin. Elle se baissa, l'attrapa et s'éloigna vers la cuisine. En deux gestes, son crime fut accompli.

Pendant ce temps, Corentin découpait les parts du gâteau.

Kléber fit signe à Simple de le rejoindre dans un coin tranquille du salon. Il ôta la montre qui était à son poignet et la passa à celui de son frère.

– C'est ma mienne ?

– Tu ne la casses pas ?

Simple fit non de la tête et regarda trotter l'aiguille des secondes, l'air ébahi.

– Alors, il est quelle heure, Simple ? lui demanda Enzo.

– Douze.

Minuit sonna à l'église voisine.

La fête se prolongea un peu. Simple s'endormit sur la moquette, Alexis cuva son vin sur le canapé. Kléber et Corentin raccompagnèrent Zahra et Djemilah. Enzo et Aria filèrent se mettre au lit.

– Monsieur Pinpin, il est parti !

Kléber fut brusquement tiré du sommeil par son frère.

– Qu'est-ce qu'il y a encore ? Tu ne peux pas me foutre la paix avec ton Pinpin !

– Il est parti.

– Mais non, il est dans tout ce fourbi d'anniversaire.

Une heure plus tard, Kléber entama les recherches. Il fut bientôt aidé par Corentin.

– Où tu l'avais laissé, tu te rappelles ?

– Là, dit Simple en montrant le pouf.

Enzo et Aria furent mis au courant. On fouilla tout l'appartement. Alexis, qui avait fini de cuver, se redressa sur le canapé.

– Vous cherchez quoi ?

– Le lapin en peluche.

– Faut demander à la fille, la rousse…

– Béatrice ?

Alexis confirma d'un signe de tête :

– Elle a ramassé la peluche sur le pouf. J'ai trouvé ça bizarre, mais j'étais pas trop en état de réagir…

Kléber sentit une mauvaise colère l'envahir. Son regard devint fixe.

– Je vais chez elle.

Enzo le retint par le bras :

– Non mais attends, on peut téléphoner. Tu es énervé, Kléber. Laisse-moi faire.

Enzo s'isola pour appeler puis il revint.

– C'est bien elle, dit-il sur un ton de mélodrame. Elle l'a jeté dans le vide-ordures.

Les jeunes gens s'entre-regardèrent, bouleversés.

– Ben, faut aller le chercher, dit Simple.

– Mais oui, on est cons ! se ressaisit Kléber.

Ils dévalèrent les escaliers et se ruèrent dans le local des poubelles, juste au moment où la concierge les rapportait.

– *Damned* ! Les éboueurs nous ont devancés, dit Enzo, toujours plus mélodramatique.

– Il est sorti de la poubelle, monsieur Pinpin ?

Comment faire admettre à Simple qu'on ne retrouverait plus jamais son lapin ?

Une fois dans le salon, il s'assit sur le pouf.

– Je vais l'attendre ici.

– Ça ne sert à rien. Il est dans le camion poubelle, lui dit Enzo.

– Il va sauver.

– Non, ce n'est pas possible, c'est une peluche. Ce n'est pas un vrai lapin.

– Si.

Simple s'obstinait, des larmes plein les yeux, mais se refusant à pleurer. Raide d'entêtement. Aria finit par le prendre tout contre elle et lui chuchota à l'oreille :

– Simple, je sais que tu aimes monsieur Pinpin. On aime tous monsieur Pinpin. Mais il faut que tu acceptes. Monsieur Pinpin est mort.

Simple se mit à trembler :

– Comme maman ?

– Comme maman.

Il joignit les mains :

– Je veux être mort avec.

– Et moi, moi ? s'écria Kléber en pliant les genoux devant son frère. Tu veux que je sois tout seul ?

– T'as qu'à faire allô à Zahra.

Kléber suivit le conseil et fit allô à Zahra. La jeune fille le rejoignit aussitôt.

– On en rachètera un autre, dit-elle à Simple. Un autre monsieur Pinpin.

Simple lui jeta un regard de reproche :

– Y a que un.

Et ça, tout le monde le savait bien.

À l'étage du dessous, monsieur Villededieu ignorait le drame de ses voisins mais pestait contre eux.

– Ça y est. Ils m'ont encore bloqué le vide-ordures. Ils disent que c'est pas eux. Mais je ne vois pas qui ça peut être d'autre !

Georges avait une technique très au point pour débloquer le vide-ordures. Il attachait un haltère de cinq kilos au bout d'une corde et il le passait par le conduit. Cela suffisait à faire dégringoler ce qui bloquait le passage.

– Et voilà, dit-il en entendant le bruit de la dégringolade des ordures.

À quoi tient le destin ? Monsieur Villededieu voulut faire la preuve de ce que les colocataires étaient bien les coupables. Il descendit au local des poubelles.

Quelques minutes plus tard, il sonnait à la porte de la coloc.

– Cette fois, dit-il à Enzo, vous allez bien devoir admettre que c'est vous qui bloquez le vide-ordures avec vos cochonneries !

Enzo ouvrit grand les yeux :

– Georges !

Et comme décidément il se sentait la fibre mélodramatique, il ajouta :

– Vous nous sauvez la vie...

– Il est là, l'autre idiot ? tonna le vieil homme en entrant au salon.

Simple, ratatiné sur le pouf, était entouré de tous ses amis. Georges s'avança solennellement et chacun s'écarta pour que Simple pût le voir.

– Monsieur Dieu !

Georges tenait au creux de son bras, comme un petit enfant malade, monsieur Pinpin ressuscité.

– Mais il schlingue, ton lapin, dit-il en le rendant à Simple.

Chacun s'affaira. On lava la petite veste et le petit pantalon, on shampouina monsieur Pinpin, on le parfuma. Aria lui fit quelques points de couture. Simple ne s'occupait de rien et consultait sa montre en prenant un air important.

En fin d'après-midi, Zahra dut retourner chez elle.

– On peut aller vers les quais ? lui proposa Kléber. Parler un peu.

Il se souvint d'avoir dit les mêmes mots à Béatrice. « Mais c'est autre chose », songea-t-il en écoutant son pas qui faisait écho au pas de Zahra. Elle marchait à son côté comme elle marcherait encore dans quelques années. Puis des enfants marcheraient avec eux, des enfants qui aimeraient Simple parce qu'ils seraient simples comme des enfants.

Kléber rêvait. Il ne se demandait pas s'il devait ou non prendre la taille de Zahra et comment faire pour obtenir d'elle ceci ou cela. Mais le silence finit par l'embarrasser. Il avait promis de parler. Il voulait dire à Zahra : je me suis trompé, j'ai cru que j'aimais Béatrice, c'était toi que j'aimais. Mais ne pouvait-on trouver d'autres mots que ceux-là ?

– Zahra, je voudrais te dire...

Elle s'arrêta et le regarda dans les yeux. Elle attendait ce moment-là. Un sourire de malice fit soudain de Kléber le petit frère de monsieur Pinpin.

– Zahra, écoute-moi bien !

Il posa la main sur son ventre, l'éleva vers son cœur puis, du bout des doigts, alla toucher le cœur de Zahra. Alors, Zahra posa la main sur son ventre, l'éleva vers son cœur et les deux jeunes gens s'enlacèrent.

À la coloc, Enzo rêvassait, allongé sur le canapé, la tête dans le giron d'Aria.

– C'est drôle, fit-il. Je croyais que Simple ne quitterait pas sa peluche des yeux de toute la journée. Et il ne s'est intéressé qu'à sa montre.

– Je pense que, symboliquement, monsieur Pinpin est mort aujourd'hui, dit Aria que la psychanalyse intéressait de plus en plus. Simple ne prétendra plus jamais qu'il est vivant.

– Tu ne trouves pas ça triste ?

– Les enfants grandissent, Enzo. Est-ce que c'est triste ?

– Oui, c'est triste. C'est obligé, mais c'est triste.

Il leva vers Aria ses yeux d'éternel inquiet et elle lui sourit. C'était bien ce garçon qu'elle aimait.

Simple était dans la salle de bains. En face de lui, suspendue au fil à linge par les oreilles, il y avait une peluche en loques, tailladée, recousue, tachée de feutre et de rouge à lèvres.

– T'es sec ?

– J'ai les pieds mouillés de l'eau encore, répondit monsieur Pinpin.

– C'est Béatrice qui t'a jeté dans le vide-ordures ?

– Non, c'est moi. Je voulais voir la poubelle.

Simple fit un grand geste du bras pour consulter la montre à son poignet. La petite aiguille trottait, trottait, toute la journée elle avait trotté. C'était toujours la même question qui revenait, lui creusant un sillon dans la tête, et maintenant, il fallait la poser :

– Dis, est-ce que tu vas être mort, un jour ?

– Non, répondit monsieur Pinpin, c'est pas obligé.

Du même auteur à *l'école des loisirs*

Collection MÉDIUM

Ma vie a changé
Amour, vampire et loup-garou
Tom Lorient
L'expérienceur (avec Lorris Murail)
Oh, boy !
Maïté coiffure
La fille du docteur Baudoin
Papa et maman sont dans un bateau
Le tueur à la cravate
Trois mille façons de dire je t'aime

Miss Charity (illustré par Philippe Dumas)
De grandes espérances, de Charles Dickens
(adapté par Marie-Aude Murail et illustré par Philippe Dumas)

Collection BELLES VIES

Charles Dickens

Dans la série des *Nils Hazard* :
Dinky rouge sang
L'assassin est au collège
La dame qui tue
Tête à rap
Scénario catastrophe
Qui veut la peau de Maori Cannell ?
Rendez-vous avec Monsieur X

Cet ouvrage a été achevé d'imprimer
sur Roto-Page
par l'Imprimerie Floch à Mayenne
en novembre 2019

N° d'impression : 95162
Imprimé en France